IAN FLEMING

Sólo para tus ojos

Traducción de Cristina Puya

punto de lectura

Título: Sólo para tus ojos
Título original: *For your eyes only / From a view to kill / Quantum of solace / Risico /
The Hildebrand Rarity*
© 1959, 1960, Glidrose Publications Ltd.
© Traducción: Cristina Puya
© De esta edición: junio 2003, Suma de Letras, S.L.
Barquillo, 21. 28004 Madrid (España) www.puntodelectura.com

ISBN: 84-663-0933-0
Depósito legal: M-17.471-2003
Impreso en España – Printed in Spain

Fotografía de cubierta: David Jacobs / GETTY IMAGES
Diseño de colección: Ignacio Ballesteros

Impreso por Mateu Cromo, S.A.

Panorama para matar

Los ojos, detrás de las grandes gafas de goma, tenían un aspecto frío como la piedra. Eran lo único silencioso del conjunto de carne y metal que se precipitaba a cien kilómetros por hora en el rugiente y veloz estrépito de una BSA M20. Protegidos por el cristal de las gafas, miraban fijamente hacia delante justo por encima del centro del manillar, y su oscuro e inquebrantable objetivo eran las bocas de la pistola. Por debajo de las gafas, el viento le daba en el rostro a través de la boca y torcía sus labios formando una rotunda mueca que dejaba ver unos dientes enormes y sepulcrales, y unas encías blanquecinas. A ambos lados de la mueca, las mejillas, presionadas por el viento, formaban bolsas que aleteaban ligeramente. A derecha e izquierda del rostro, debajo del casco protector, los guantes negros que sujetaban los mandos parecían las garras agresoras de un enorme animal.

El hombre vestía el uniforme de mensajero del Servicio Real de Transmisiones, y su moto, de color verde oliva, con modificaciones en las válvulas y el carburador, y sin unos cuantos silenciadores para alcanzar más velocidad, era idéntica a las motos estándar del Ejército británico. No había nada en el hombre o en su equipo que sugiriera que no era lo que parecía, excepto porque llevaba una Luger cargada, colgada de un gancho en la parte superior del depósito de gasolina.

Eran las siete de la mañana de un día de mayo, y la carretera completamente recta que atravesaba el bosque brillaba en la luminosa bruma de primavera. A ambos lados de la carretera, las hondonadas cubiertas de musgo y flores entre los enormes robles poseían la magia de los bosques reales de Versalles y St. Germain. La D98 era una carretera secundaria de tráfico local situada en la zona de St. Germain, y el motorista acababa de pasar por debajo de la autopista París-Nantes, que rugía ya con el tráfico diario hacia París. Se dirigía al norte, hacia St. Germain, y no había nadie más a la vista en ninguna dirección, excepto, quizás, medio kilómetro más adelante, una figura casi idéntica, otro mensajero del Servicio Real. Era un hombre más joven y delgado que iba cómodamente sentado en su moto, apoyado hacia atrás, disfrutando de la mañana mientras circulaba a unos sesenta kilómetros por hora. Iba bien de tiempo y hacía un día precioso. Se preguntaba si tomaría los huevos fritos o revueltos, cuando volviera al cuartel alrededor de las ocho.

Quinientos metros, cuatrocientos, trescientos, doscientos, cien. El hombre que iba detrás redujo la velocidad a treinta. Se llevó el guante izquierdo a los dientes y se lo quitó de un tirón. Lo metió entre los botones de su chaqueta, se inclinó y desenganchó la pistola.

En aquel momento debió de verse claramente en el espejo retrovisor del joven que iba delante, pues de repente, éste volvió la cabeza, sorprendido de encontrarse con otro mensajero en su trayecto a aquella hora de la mañana. Pensaba que podía ser un norteamericano, o quizás un policía militar francés. Podía ser cualquier militar de los ocho países de la OTAN que formaban el Cuartel General de SHAPE, pero al reconocer el uniforme del Servicio se quedó asombrado y a la vez encantado. ¿Quién demonios podía ser? Levantó el pulgar alegremente en señal de reconocimiento y redujo su velocidad a cincuenta kilómetros, esperando que el otro hombre se le acercara. Con un ojo en la carretera y el otro en la silueta que se aproximaba por el retrovisor, repasó mentalmente los nombres de los motoristas británicos destinados en la Unidad Especial del Servicio de Transportes de la jefatura del Cuartel General. «Albert, Sid, Wally…, puede que sea Wally, tiene la misma complexión fuerte.» ¡Cielos! Era capaz de tomar el pelo a aquella chica de la cantina, Louise, Elise, Lise, o algo así.

El hombre de la pistola había reducido la velocidad. Ahora estaba a una distancia de cincuenta metros. Su rostro, sin el efecto del viento, mostraba unas facciones achatadas y duras, quizás eslavas. Un brillo rojizo ardía detrás de los círculos negros y fijos de los ojos. Cuarenta metros, treinta. Una urraca salió volando del bosque delante del joven mensajero. Saltó torpemente a través de la carretera metiéndose en unos arbustos detrás de una señal de Michelin, que indicaba que St. Germain estaba a un kilómetro de distancia. El joven sonrió abiertamente y levantó un dedo de forma irónica como saludo y autoprotección. «Una urraca está triste», se dijo.

Veinte metros detrás de él, el hombre de la pistola quitó las dos manos del manillar, levantó la Luger, la apoyó despacio sobre su antebrazo izquierdo y disparó un tiro.

Las manos del joven soltaron rápidamente el manillar y se juntaron en la espalda. La moto torció por la carretera, saltando una estrecha zanja, y chocó contra una franja de hierba y lirios. Se levantó sobre la rueda trasera que chirriaba, cayendo despacio hacia atrás, encima del motorista muerto. La BSA escupió, pataleó y desgarró la ropa del joven que estaba tirado encima de las flores y después se quedó inmóvil.

El asesino efectuó un viraje cerrado y se paró con la moto en dirección otra vez hacia el camino por el que había llegado. Bajó el caballete y se acercó caminando entre las flores silvestres por debajo de los árboles. Se arrodilló junto al muerto y bruscamente le levantó un párpado. Con la misma brusquedad, arrancó el maletín de cuero negro del cadáver y abrió los botones de la chaqueta, cogiendo una gastada cartera de piel. Le arrancó tan fuerte el barato reloj de pulsera que llevaba, que la correa elástica de metal se partió en dos. Se quedó de pie y se colgó el maletín al hombro. Mientras guardaba la cartera y el reloj en el bolsillo de la chaqueta, se quedó escuchando. Sólo se oían los sonidos del bosque y el lento tintineo del metal caliente de la BSA destrozada.

El asesino volvió sobre sus pasos por la carretera. Caminaba despacio, arrastrando las hojas sobre las marcas de los neumáticos en la tierra blanda y el musgo. Le costó pasar las profundas grietas de la zanja y el borde de la hierba, y después se quedó de pie junto a su motocicleta mirando hacia atrás, hacia la franja de lirios. ¡No había estado mal! Probablemente sólo lo encontrarían los perros de la policía, y, como tenían que recorrer quince kilómetros por carretera, tardarían horas, quizás días, el tiempo suficiente. Lo principal en esos casos era dejar un buen margen de seguridad. Podría haber disparado al hombre a cuarenta metros, pero había preferido hacerlo a veinte. Y quitarle el reloj y la cartera había sido una buena idea.

Satisfecho consigo mismo, el hombre levantó la moto del caballete, saltó rápidamente sobre el sillín y pisó el arranque. Lentamente, para no dejar marcas de patinazos, volvió a acelerar alejándose por la carretera, y después de pocos minutos ya iba otra vez a cien por hora con el viento dibujando la mueca en forma de nabo en su rostro.

En la escena del crimen, el bosque, que había permanecido en silencio mientras se perpetraba, empezó a respirar de nuevo lentamente.

James Bond había tomado la primera copa de la noche en Fouquet's. No era una auténtica copa. No se puede beber en serio en los cafés franceses. Una terraza al sol, en la calle, no es lugar para tomar un vodka, un whisky o una ginebra. *Un fine à l'eau** está bien, pero se sube a la cabeza y no sabe muy bien. Un botellín de champán o un *champagne à l'orange*** van bien para antes de comer, pero por la noche después de un botellín viene otro botellín y una botella de un champán cualquiera es un mal comienzo para la noche. El Pernod está bien, pero hay que beberlo en compañía, y de todas formas a Bond nunca le había gustado porque su sabor a regaliz le recordaba su infancia. No, en los cafés hay que beber las bebidas menos agresivas de todo la gama de posibilidades, y Bond siempre tomaba lo mismo, un Americano, Bitter Campari, Cinzano, con una gran rodaja de limón y soda. Siempre pedía soda Perrier, porque, en su opinión, la soda cara era la manera más barata de realzar una mala bebida.

Cuando Bond estaba en París siempre iba a los mismos lugares. Se alojaba en el Terminus Nord, porque le gustaban los hoteles de las estaciones y porque era el menos pretencioso y el más anónimo de todos. Almorzaba en el Café de la Paix, la Rotonde o el Dôme, porque la comida era muy buena y porque le divertía observar a la gente. Si quería una copa, iba a Harry's Bar, porque tenían buenas bebidas y porque, en su primera e ingenua visita a París a los dieciséis años, había hecho lo que decía el anuncio de Harry's del *Continental Daily Mail*, y

---

* Aguardiente con agua. (Las expresiones en francés aparecen en esta lengua en el original. *N. de la T.*)

** Champán con naranja.

le había indicado al taxista «Sank Roo Doe Noo». Así había comenzado una de las noches más memorables de su vida, que culminó con la pérdida casi simultánea de su virginidad y de su cartera. Para cenar, Bond iba a uno de los famosos restaurantes, Véfour, Caneton, Lucas-Carton o el Cochon d'Or. Esos eran los que más le gustaban, aunque Michelin aconsejara la Tour d'Argent, Maxims y otros, pues quería evitar el tema de las facturas caras y el dólar. Además prefería su comida. Después de cenar, solía ir a la Place Pigalle a dar una vuelta. Si no encontraba nada, como era lo normal, volvía al hotel de la Gare du Nord, cruzando París, y se iba a dormir.

Esta noche Bond había decidido sacar la agenda y pasarlo en grande. Estaba de paso en París después de un deprimente fracaso en la misión que le asignaron en la frontera austro-húngara. Tenía que sacar a un ciudadano húngaro. Bond había salido de Londres especialmente para dirigir la operación, por encima del jefe de la Base de V. Esto no cayó bien en la Base de Viena. Hubo algunos malentendidos, aunque involuntarios. El hombre murió en los campos de minas de la frontera. Habría una investigación. Bond debía regresar a su Cuartel General de Londres al día siguiente para elaborar un informe, y al pensarlo se deprimía. Hoy había hecho un día espléndido, uno de esos días en los que uno casi cree que París es hermoso y alegre, y Bond había decidido darle a la ciudad una oportunidad más. Buscaría a una chica de verdad y la llevaría a cenar a algún lugar de mentirijillas del Bois, como el Armenonville. Para borrar el tema del dinero de su mirada, le daría enseguida cincuenta mil francos y le diría:

«Te voy a llamar Donatienne, o quizás Solange, porque esos nombres van bien con mi humor esta noche. Ya nos conocíamos, y tú me habías prestado ese dinero porque me encontraba en un apuro. Aquí está, y ahora nos contaremos lo que hemos hecho desde la última vez que nos vimos en Saint Tropez hace un año. Mientras tanto, aquí tienes el menú y la carta de vinos; debes elegir lo que más te apetezca y lo que más engorde».

Y ella se sentiría aliviada al no tener que esforzarse, se reiría y diría:

«Pero, James, no quiero engordar».

Y allí estarían, en el mito de «París en primavera», y Bond se mantendría sobrio y se interesaría por ella y por todo lo que le diría. Y, al final de la noche, no sería culpa suya si se traslucía que realmente no había sido como el viejo cuento de hadas «Divertirse en París».

Sentado en Fouquet's esperando su Americano, Bond sonreía por su fogosidad. Sabía que sólo estaba, dejándose llevar por su fantasía, por el placer que le producía dar una última patada a la ciudad que odiaba cordialmente desde la guerra. Desde 1945 no había pasado un día feliz en París. No era porque la ciudad hubiera vendido su cuerpo, a muchas ciudades les pasa lo mismo, sino que había perdido su corazón, se había vendido a los turistas, a los rusos, rumanos y búlgaros, a la escoria del mundo que poco a poco se había adueñado de la ciudad.

Y, por supuesto, se había vendido a los alemanes. Se podía adivinar en la mirada de la gente, resentida, envidiosa, avergonzada. ¿La arquitectura? Bond contemplaba a través de la acera las hileras de coches negros que el sol apenas lograba hacer brillar. En todas partes era igual que en los Campos Elíseos. Solamente había dos horas en las que se podía ver la ciudad, entre las cinco y las siete de la mañana. Después de las siete era engullida por una atronadora riada de metal negro con la que ningún edificio hermoso o bulevar amplio y bordeado de árboles podía competir.

La bandeja del camarero chocó con estrépito sobre la mesa de mármol. Con un hábil movimiento de la mano, que Bond nunca había sido capaz de imitar, el abridor del camarero levantó la chapa del Perrier. El hombre deslizó la nota debajo del cubo del hielo y con un rutinario *«Voilà m'sieur»** se retiró. Bond echó hielo en el vaso, lo llenó hasta arriba con soda y bebió un largo trago. Se echó hacia atrás y empezó a leer un libro de bolsillo de Laurens. Estaba claro que la noche iba a ser un desastre. Incluso suponiendo que encontrara una chica al cabo de una hora o así, el contenido seguramente no estaría a la altura de la envoltura. Contemplándola de cerca, seguramente tendría la piel gruesa, fea y de poros grandes, de las burguesas francesas. El cabello rubio bajo la desenfadada boina de terciopelo tendría raíces oscuras y sería tan áspero co-

* «Servido, señor.»

mo las cuerdas de un piano. La menta de su aliento no lograría disimular el olor a ajo. La figura seductora estaría complicadamente apuntalada con alambre y goma. Sería de Lille y le preguntaría si era norteamericano. Y Bond sonreía para sus adentros: ella o su chulo probablemente le robarían la cartera. ¡*La ronde*!* Y luego volvería al mismo sitio.

Más o menos sería así. «Bueno, ¡al infierno con todo!»

Un viejo Peugeot 403 negro salió del interior de la riada de tráfico, atravesó la fila interior de coches y se paró junto al bordillo, con el consabido chirriar de frenos, bocinazos y gritos. Sin inmutarse, una joven salió del coche y, dejando atrás el tráfico, caminó decididamente hacia la acera. Bond se levantó. Tenía todo, absolutamente todo lo que había imaginado. Era alta, y aunque ocultaba su figura dentro de una ligera gabardina, su manera de moverse y de andar sugerían que era preciosa. Su rostro tenía la misma alegría y provocación de su modo de conducir, pero en ese momento se traslucía su impaciencia en los labios apretados y en la mirada preocupada mientras se abría paso en diagonal, a través de la masa de gente que caminaba por la acera.

Bond la contemplaba minuciosamente mientras llegaba al borde de las mesas y se acercaba al pasillo. Evidentemente, no tenía nada que hacer. Iba a encontrarse con alguien, su amante. Era la clase de mujer que siempre pertenece a otro. Llegaba tarde,

* «El siguiente.»

por eso tenía tanta prisa. Qué mala suerte, ¡aquel cabello rubio y largo bajo la boina…! Y le miraba a él. ¡Le sonreía…!

Antes de que Bond pudiera reaccionar, la joven llegó hasta su mesa, cogió una silla y se sentó.

Sonreía más bien tensa ante sus ojos asombrados.

—Lo siento, llego tarde, y lamento que tengamos que irnos enseguida. Te llaman de la oficina. —Y añadió en un susurro—: Inmersión inmediata.

Bond volvió a la realidad. Quienquiera que fuese, ciertamente era de la «Casa». «Inmersión inmediata» era una expresión de jerga que el Servicio Secreto había adoptado del Servicio de Submarinos. Significaba que había malas noticias, muy malas. Bond rebuscó en su bolsillo y dejó unas monedas sobre la mesa.

—De acuerdo —dijo—. Vámonos.

Se levantó y la siguió a través de las mesas hasta su coche, que todavía obstruía el carril interior del tráfico. En cualquier momento podía llegar un policía. La gente los miraba con indignación mientras subían. La chica había dejado el motor en marcha. Metió la segunda y arrancó.

Bond la miraba de reojo. Su piel pálida tenía el aspecto del terciopelo. Su cabello rubio era sedoso hasta las raíces.

—¿De dónde vienes? —preguntó—. ¿Qué es lo que ocurre?

Concentrándose en el tráfico, ella le contestó:

—De la Base. Soy Mary Ann Russell. Asistente de segunda categoría. Número 765, de servicio. No tengo ni idea de qué se trata, sólo he visto la señal de CG, personal de M al jefe de la Base, «Urgencia Absoluta», y todo eso. Tenía que encontrarte enseguida y, si era necesario, utilizar al Deuxième* como ayuda. El jefe de F dijo que siempre ibas a los mismos lugares cuando estabas en París, y nos dieron una lista a otra chica y a mí. —Sonrió—. Yo sólo lo intenté en Harry's Bar, y después de Fouquet's iba a empezar a buscar por los restaurantes. Ha sido maravilloso encontrarte así. —Le miró rápidamente—. Espero no haber sido demasiado brusca.

—Has estado estupenda —respondió Bond—. ¿Qué hubieras hecho si hubiera estado con una chica?

Ella se echó a reír.

—Hubiera hecho exactamente lo mismo, excepto que te hubiera llamado «señor». Lo único que me preocupaba era cómo nos desharíamos de la chica. Si montaba una escena, le hubiera ofrecido llevarla a casa en mi coche y que tú tomaras un taxi.

—Parece que tienes muchos recursos. ¿Cuánto tiempo llevas en el Servicio?

—Cinco años. Ésta es la primera vez que trabajo en una Base.

—¿Y qué te parece?

—Me gusta el trabajo. Las noches y los días libres son un poco aburridos. No es fácil hacer amigos en París sin… —su boca hizo un gesto irónico—, sin todo lo demás, quiero decir. —Y se apresuró a añadir—: No es que sea una estrecha,

---

* Deuxième Bureau: Servicio Secreto francés. *(N. de la T.)*

pero los franceses hacen que todo sea una lata. He tenido que dejar de coger el metro y el autobús. Sea cual sea la hora del día, acabas con el trasero amoratado. —Rió—. Aparte de todo ese rollo y de no saber qué decir a los hombres, algunos de los pellizcos realmente duelen. Es el colmo. Por eso me he comprado este coche barato, para moverme por ahí, y así los demás coches se apartan de mi camino. Mientras no coincidas con la mirada de los otros conductores, puedes competir incluso con los peores. Tienen miedo de que no los veas. Y también del aspecto viejo del coche, y procuran evitarte.

Llegaron al Rond Point. Para confirmarle su teoría, dio la vuelta y se dirigió en línea recta hacia la fila de coches que venía de la Place de la Concorde. Milagrosamente, la fila se abrió y los dejaron pasar hacia la Avenida Matignon.

—Fantástico —dijo Bond—. Pero no te acostumbres, puede haber por ahí alguna Mary Ann francesa.

Ella rió. Giró hacia la Avenida Gabrielle y se detuvo junto al Cuartel General del Servicio Secreto de París.

—Sólo hago esta maniobra cuando estoy de servicio.

Bond salió del coche y dio la vuelta hasta el otro lado.

—Bueno, gracias por ir a buscarme. Cuando todo este lío haya pasado, ¿podríamos quedar? A mí no me pellizcan, pero estoy igual de aburrido que tú en París.

Los ojos de la chica eran azules y estaban separados. Buscaron los suyos. Le respondió muy seria:

—Me encantaría. Puedes localizarme a través de la centralita. Bond introdujo la mano por la ventanilla y apretó la de la joven que estaba sobre el volante.

—Muy bien —dijo. Se dio la vuelta y entró rápidamente a través de la arcada.

El coronel Rattray, jefe de la Base de F, era un hombre grueso, con las mejillas sonrosadas y el cabello rubio peinado hacia atrás. Iba vestido con refinamiento: camisa de puños vueltos, chaqueta con dos aberturas, pajarita y un elegante chaleco. Tenía aspecto de gustarle la buena vida y comer y beber bien. Sólo desentonaban unos astutos ojos azules de mirada lenta. Su despacho apestaba a Gauloises, que fumaba sin cesar. Saludó a Bond con alivio.

—¿Quién le ha encontrado?

—Russell. En Fouquet's. ¿Es nueva?

—Lleva seis meses, es muy buena. Pero siéntese; se ha producido una crisis y debo informarle y enviarle fuera.

Se inclinó hacia el interfono y apretó un botón.

—Por favor, mensaje personal para M, del jefe de la Base. 007 localizado, estoy informándole ahora. ¿De acuerdo?

Soltó el botón.

Bond cogió una silla y la puso junto a la ventana para alejarse del humo de los Gauloises. El tráfico en los Campos Elíseos era un suave murmullo a lo lejos. Media hora antes estaba harto de París, y hubiera estado encantado de irse. Ahora confiaba en poder quedarse. El jefe de F dijo:

—Alguien interceptó ayer a nuestro mensajero de la mañana, que salió de SHAPE en dirección a la Base de St. Germain. Llevaba el informe semanal de la División de Inteligencia de SHAPE con los resúmenes, los documentos del Servicio Conjunto de Inteligencia, la orden de batalla del Telón de Acero, en fin, toda la información secreta. Un tiro en la espalda. Le han robado el maletín, la cartera y el reloj.

—¡Qué fastidio! —dijo Bond—. ¿No podría ser un vulgar atraco? ¿O creen que la cartera y el reloj son un pretexto?

—Los de Seguridad de SHAPE no lo saben seguro, pero creen que es un pretexto. Las siete de la mañana es una hora muy rara para cometer un atraco. Pero quizás no esté de acuerdo con ellos cuando vaya allí. M le envía como su representante personal; está terriblemente preocupado. Aparte de la pérdida de la moto de Inteligencia, a su personal de I. no le agradaba tener una de nuestras bases fuera de la reserva, por decir algo. Durante años han intentado incorporar la unidad de St. Germain a la organización de Inteligencia de SHAPE. Pero usted ya sabe que el viejo zorro de M es muy independiente. Nunca ha estado muy satisfecho de la seguridad de la OTAN. ¡Porque en la División de Inteligencia de SHAPE no sólo hay un par de franceses e italianos, sino que el jefe de su sección de Contraespionaje y Seguridad es un alemán!

Bond soltó un silbido.

—El problema está en que este condenado negocio es todo lo que SHAPE necesita para seguir de cerca a M. De todas formas, dice que vaya allí enseguida. Le he conseguido una autorización, ya tengo los pases. Tiene que presentarse al coronel Schreiber, jefatura del Cuartel General, División de Seguridad. Es norteamericano, un tipo eficiente. Ha estado llevando el tema desde el principio. En lo que a mí respecta, ha hecho todo lo que había que hacer.

—¿Qué es lo que ha hecho? ¿Qué es lo que ha pasado realmente?

El jefe de F cogió un mapa de su mesa y se levantó. Era un mapa Michelin a gran escala de las cercanías de París. Señaló con un lápiz.

—Aquí está Versalles, y aquí, justo al norte del parque, está el enlace de la autopista París-Nantes con la de Versalles. Unos doscientos metros al norte, en la N184, está SHAPE. Todos los miércoles, a las siete de la mañana, un mensajero de los Servicios Especiales sale de SHAPE con los informes semanales de Inteligencia de los que le he hablado. Tiene que llegar hasta este pueblecito llamado Fourqueux, justo en las afueras de St. Germain, entregar el material al oficial de guardia de nuestro Cuartel General y presentarse de vuelta en SHAPE a las siete y media. Por motivos de seguridad, en vez de pasar por esta zona de edificios, tiene órdenes de tomar la N307 que va a St. Nom, girar a la derecha hacia la D98 que pasa por debajo de la autopista y atravesar el bosque de St. Germain. Es un recorrido de unos doce kilómetros y, circulando despacio, puede hacer el trayecto en menos de un cuarto de hora. Pues bien, ayer fue un cabo del Servicio de Transmisiones, un hombre fuerte llamado Bates, y al no presentarse de vuelta a SHAPE a las ocho menos cuarto, enviaron a otro mensajero a buscarlo. No había rastro alguno, y no se presentó en nuestro Cuartel General. A las ocho y cuarto, la División de Seguridad estaba sobreaviso, y a las nueve se iniciaron los bloqueos de carretera. Se informó a la policía y al Deuxième y se enviaron equipos de búsqueda. Los perros lo encontraron, pero eso no fue hasta las seis de la tarde, y para entonces, si había habido alguna huella en la carretera, ya la había borrado el tráfico.

El jefe de F alargó el mapa a Bond y volvió a su mesa.

—Y esto es todo —concluyó—, excepto que se han dado ya todos los pasos habituales: fronteras, puertos, aeródromos y demás. Pero eso no servirá de nada. Ha sido obra de un profesional; quienquiera que lo haya hecho podría sacar el material del país a mediodía o entregarlo en una embajada en París al cabo de una hora.

—¡Exacto! —exclamó Bond con impaciencia—. Y ¿qué demonios quiere M que haga yo? ¿Decir a Seguridad de SHAPE que lo intente de nuevo, pero mejor? Éste no es para nada mi estilo. ¡Vaya pérdida de tiempo!

El jefe de F sonrió comprensivamente.

—Por supuesto, le dije lo mismo a M sobre lo de la moto, con tacto. El viejo estuvo bastante razonable. Dijo que quería que SHAPE viera que se tomaba en serio el asunto. Usted estaba disponible, y más o menos por la zona, y dijo que tenía el tipo de mente que podría captar el factor invisible. Le pregunté qué quería decir y me contestó que en todos los cuarteles generales estrechamente vigilados hay un hombre invisible, un hombre cuya presencia todos aceptan, y que simplemente pasa desapercibido, el jardinero, el limpiacristales, el cartero. Le repliqué que SHAPE había pensado en eso, y que todos esos trabajos los realizaban soldados de reemplazo. M me dijo que no fuera tan prosaico y colgó.

Bond se echó a reír. Se imaginaba el gesto de M y podía oír su brusca voz.

—De acuerdo —respondió—. Veré lo que puedo hacer. ¿A quién tengo que presentarme a la vuelta?

—Aquí. M no quiere que la unidad de St. Germain se vea implicada. Cualquier cosa que tenga usted que decir la enviaré directamente a Londres. Pero quizás no esté disponible cuando llame. Le asignaré un oficial de servicio y podrá localizarlo en cualquier momento en veinticuatro horas. Russell podrá encargarse de ello. Ella le encontró. También podría llevarle. ¿Qué le parece?

—Bien —contestó Bond—. De acuerdo.

El viejo Peugeot, requisado por Rattray, conservaba el olor de Mary Ann. Había trazas de ella en la guantera, medio paquete de chocolatinas Suchard, un paquete con pasadores, una novela de John O'Hará, un guante de ante. Bond pensó en ella hasta la Plaza de l'Étoile y después apartó su imagen y condujo el coche velozmente a través del Bois. Rattray le había dicho que si iba a cincuenta por hora tardaría quince minutos. Bond dijo que reduciría la velocidad a la mitad y duplicaría el tiempo, y que le dijera al coronel Schreiber que llegaría a las nueve y media.

Una vez pasada la Puerta de St. Cloud, había poco tráfico, y Bond circulaba a cien kilómetros por la autopista hasta que llegó a la segunda salida a la derecha y vio la flecha roja que indicaba SHAPE. Bond subió la cuesta y llegó a la N184. Doscientos metros más adelante, en medio de la carretera, estaba el policía de tráfico que Bond tenía que localizar. Éste le saludó y le dejó entrar a través de la enorme verja a la izquierda, y Bond se detuvo en el primer control. Un policía norteamericano con uniforme gris salió de la garita y examinó su pase. Le dijo que pasara y esperara. Después un policía francés tomó el pase, anotó los datos en un impreso colocado sobre un tablero y le dio una gran tarjeta plastificada con un número para el coche, haciéndole señas para que avanzara. Mientras Bond entraba en el aparcamiento, cientos de luces se encendieron repentinamente de forma espectacular iluminando las oficinas que se extendían delante de él, haciendo que pareciera de día.

Sintiéndose desnudo, Bond caminó sobre la grava bajo las banderas de los países de la OTAN y subió rápidamente los cuatro escalones que llegaban hasta las puertas de cristal que daban paso al Cuartel General de las Fuerzas Supremas Aliadas en Europa. Después se acercó a la mesa de seguridad. Policías militares norteamericanos y franceses comprobaron su pase y anotaron los datos. Lo remitieron a un policía militar británico con gorra roja, que le condujo por el pasillo principal a lo largo de interminables puertas de despacho. Éstas no tenían ningún nombre, sino las habituales y enrevesadas siglas de los cuarteles generales. En una ponía COMSTRIKFLTLANT AND SACLANT LIAISON TO SACEUR. Bond preguntó qué significaba aquello. El policía militar, por ignorancia, o más bien por seguridad, le contestó impasible:

—No sabría decirle con exactitud, señor.

Detrás de una puerta con un rótulo que indicaba «Coronel G. A. Schreiber, jefe de Seguridad, jefatura del Cuartel General», apareció un estirado norteamericano de mediana edad, con el cabello gris y los educados y rigurosos modales de un director de banco. Sobre la mesa había varias fotografías de familia en marcos de plata y un jarrón con una rosa blanca. La habitación no olía a tabaco ni a humo. Después de unas palabras preliminares cautivadoramente amistosas, Bond felicitó al coronel por su sistema de seguridad.

—Todos esos controles y dobles controles no se lo ponen fácil a sus enemigos —dijo—. ¿Ha perdido alguna vez algo, o ha hallado indicios de un intento serio de golpe de Estado?

—No a ambas preguntas, comandante. Estoy muy orgulloso del Cuartel General. Únicamente me preocupan las unidades externas. Aparte de esta sección de su Servicio Secreto, tenemos varias unidades destacadas. Y luego, evidentemente, están las sedes de los ministerios de catorce estados diferentes. No puedo responder de lo que puede filtrarse de esos organismos.

—No debe de ser un trabajo fácil —exclamó Bond—. Bien, en cuanto al tema que nos ocupa, ¿ha ocurrido algo desde que el coronel Rattray habló con usted por última vez?

—Encontraron la bala. Una Luger. Le hirió en la médula espinal. Probablemente le dispararon a unos treinta metros, diez arriba, diez abajo. Suponiendo que nuestro hombre fuera en línea recta, tuvieron que disparar la bala desde atrás, siguiendo una trayectoria horizontal. Puesto que no pudo ser un hombre de pie en la carretera, el asesino tenía que estar en movimiento o bien en algún vehículo.

—¿De modo que su hombre podría haberle visto por el espejo retrovisor?

—Probablemente.

—Si sus motoristas se dan cuenta de que alguien los sigue, ¿tienen instrucciones para llevar a cabo una acción evasiva?

El coronel sonrió ligeramente.

—Claro. Tienen órdenes de salir zumbando.

—Y ¿a qué velocidad chocó su hombre?

—A poca, creen. Entre treinta y sesenta kilómetros. ¿Dónde quiere ir a parar, comandante?

—Me preguntaba si había averiguado ya si se trataba de la obra de un profesional o de un aficionado. Si su hombre no intentó escapar, y suponiendo que viera al asesino en su espejo retrovisor, lo cual creo que sólo es una posibilidad, eso significaría que pensó que el hombre que tenía detrás era un amigo más que un enemigo. Eso implicaría que llevaba algún tipo de disfraz que lo hacía parecer de la organización, algo que a su hombre no le chocaría incluso a esa hora de la mañana.

El coronel Schreiber frunció ligeramente el cejo.

—Comandante —había un matiz de tensión en su voz—, por supuesto que hemos estado examinando este caso desde todos los ángulos, incluyendo el que usted menciona. Ayer a mediodía el comandante general declaró este asunto urgente, de seguridad absoluta, y se establecieron comités de operaciones de seguridad. A partir de ese momento, las pistas más insignificantes han sido sistemática y minuciosamente analizadas. Y fíjese en lo que le digo —el coronel levantó una mano de cuidadas uñas y la bajó con un suave movimiento de énfasis sobre la carpeta de su mesa—: cualquiera que venga con una idea original incluso remota sobre este caso, tendría que estar directamente emparentado con Einstein. No hay nada, repito, nada más que hacer en este asunto.

Bond sonrió comprensivamente y se levantó.

—En ese caso, coronel, no le haré perder más tiempo esta noche. Si pudiera disponer de unos minutos para mantener varias entrevistas y poder ponerme al día, y si alguno de sus hombres pudiera acompañarme al comedor y a mi habitación…

—Claro, claro.

El coronel pulsó un timbre. Un joven con el cabello cortado al rape entró.

—Asistente, acompañe al comandante a su habitación, en el ala VIP, y luego enséñele dónde están el bar y el comedor.

Se volvió hacia Bond.

—Tendré esos papeles listos en cuanto haya comido y bebido alguna cosa. Estarán en mi despacho. No pueden salir de aquí, naturalmente, pero estarán a su disposición en el despacho de al lado, y el asistente le proporcionará todo lo que necesite. —Le tendió la mano—. ¿De acuerdo? Nos volveremos a ver por la mañana.

Bond le dio las buenas noches y siguió al asistente. Mientras caminaba por los pasillos de pintura neutra y olor indefinido, pensó que esa era, probablemente, la misión más difícil que había tenido jamás. Si los principales cerebros de catorce países estaban desconcertados, ¿qué podría hacer él? Cuando se metió en la cama aquella noche, en el lujo espartano de los alojamientos de los visitantes, Bond decidió que dedicaría dos días más al tema; más que nada para poder estar en contacto con Mary Ann Russell el mayor tiempo posible, y luego lo dejaría. Una vez tomada esta decisión, cayó inmediatamente en un profundo y tranquilo sueño.

No dos, sino cuatro días más tarde, mientras amanecía sobre el bosque de St. Germain, James Bond se encontraba tendido sobre una gruesa rama de roble vigilando un pequeño y solitario claro que había al fondo, entre los árboles que bordeaban la D98, la carretera donde se había producido el crimen.

Iba vestido de arriba abajo con el camuflaje de los paracaidistas, verde, marrón y negro. Incluso llevaba las manos pintadas, y una capucha en la cabeza con aberturas para los ojos y la boca. Era un excelente camuflaje que sería aún más eficaz cuando el sol estuviera más alto y las sombras fueran más oscuras, y no pudiera ser visto desde ningún lugar del suelo, ni siquiera desde debajo de la enorme rama.

Todo había transcurrido de la siguiente forma. Como ya suponía, los dos primeros días en SHAPE habían sido una pérdida de tiempo. Bond no había logrado nada, aparte de hacerse ligeramente antipático con la insistencia de sus preguntas sobre dobles controles. En la mañana del tercer día, cuando estaba a punto de irse y de despedirse, recibió una llamada telefónica del coronel.

—Comandante, pensé que debía informarle de que la última jauría de perros policía volvió tarde ayer noche, siguiendo sus indicaciones de que sería conveniente explorar todo el bosque. Lo siento —por el tono de su voz se notaba que no lo sentía—, pero, sin resultados, sin ningún resultado.

—Oh. Lamento la pérdida de tiempo.

Sin querer molestar al coronel, Bond preguntó:

—¿Le importa si hablo con el encargado de los perros?

—No, en absoluto. Todo lo que quiera. Y a propósito, comandante, ¿cuánto tiempo va a quedarse? Estamos encantados de tenerle con nosotros, pero se trata de su habitación; al parecer, dentro de unos días va a venir un grupo de Holanda, gente de alto nivel, por supuesto, y me dicen de Administración que están un poco escasos de alojamiento.

Bond no esperaba llevarse bien con el coronel Schreiber y no lo había logrado. Le replicó amistosamente:

—Veré lo que opina mi jefe y le volveré a llamar, coronel.

—Sí, por favor, hágalo.

La voz del coronel era también educada, pero ambos estaban olvidando sus modales y colgaron el teléfono al mismo tiempo.

El encargado de los perros era un francés de las Landas. Tenía la mirada tímida y rápida de los cazadores. Bond se encontró con él en las perreras, pero la proximidad del encargado afectaba a los alsacianos y, para alejarse del alboroto, éste llevó a Bond a la oficina, una pequeña habitación con prismáticos colgando de ganchos, impermeables, botas de goma, correas de perros y otros objetos en las paredes. Había un par de sillas de madera y una mesa cubierta por un mapa a gran escala del bosque de St. Germain marcado con cuadrículas a lápiz. El encargado hizo un movimiento sobre el mapa.

—Nuestros perros lo han inspeccionado, señor. No hemos encontrado nada.

—¿Quiere decir que no lo habían explorado antes?

El hombre se rascó la cabeza.

—Hemos tenido problemas con los animales, señor. Había varias liebres, y también un par de madrigueras de zorro. Nos ha llevado mucho tiempo alejarlos de un claro cerca del Cruce real. Probablemente todavía podían oler a los gitanos.

—Oh. —Bond sólo parecía ligeramente interesado—. A ver, ¿qué gitanos son ésos?

El encargado señaló cuidadosamente con un dedo mugriento.

—Éstos son los nombres de antes, aquí está la Estrella perfecta, y aquí, donde tuvo lugar el crimen, está el Cruce de los curiosos. Y aquí, en la base del triángulo, el Cruce real —añadió en tono dramático— se cruza con la carretera de la muerte.

Sacó un lápiz del bolsillo y dibujó un punto sobre los cruces.

—Y aquí está el claro, señor. Durante todo el invierno hubo allí una caravana de gitanos. Se fueron el mes pasado. Limpiamos bien la zona, pero los perros pueden seguir oliéndolos durante meses.

Bond le dio las gracias, y después de contemplar y alabar a los perros y charlar un poco sobre su oficio, se introdujo en el Peugeot y se dirigió hacia la gendarmería de St. Germain.

Sí, claro, conocían a los gitanos. Eran auténticos gitanos. No hablaban una palabra de francés, pero se comportaban correctamente. No había habido ninguna queja. Eran seis hombres y dos mujeres. No. Nadie los había visto irse. Una mañana desaparecieron. Quizás se habían ido hacía una semana. Habían elegido un lugar aislado.

Bond tomó la D98 que pasaba a través del bosque. Cuando apareció el gran puente de la autopista, cuatrocientos metros más adelante, aceleró y apagó el motor, deslizándose cuesta abajo en silencio hasta llegar al Cruce real. Paró el coche y salió sin hacer ruido, y, sintiéndose algo insensato, se adentró silenciosamente en el bosque, caminando con precaución hacia el lugar donde pensaba que tenía que estar el claro. Después de andar veinte metros a través de los árboles llegó al lugar. Permaneció de pie junto a la franja de arbustos y lo inspeccionó minuciosamente. Después se internó y lo recorrió de un extremo al otro.

El claro tenía el tamaño de dos pistas de tenis y estaba alfombrado con gruesa hierba y musgo. Había una amplia zona llena de lirios y, debajo de los árboles que lo delimitaban, unas cuantas campanillas. En un lado había un pequeño montículo, quizás un túmulo completamente rodeado y cubierto de zarzas y brezos en flor. Bond lo rodeó y buscó por las raíces, pero no encontró nada, excepto la tierra tosca del montículo.

Echó un último vistazo por las proximidades y después se dirigió hacia el rincón del claro más cercano a la carretera. Se podía llegar con facilidad a través de los árboles. ¿Había huellas de un camino, o un ligero aplastamiento de las hojas? No más de lo que hubieran dejado los gitanos o los excursionistas del año pasado. Al borde de la carretera había un estrecho sendero entre dos árboles. Por casualidad, Bond se inclinó para examinar los troncos. Se le agarrotaron los músculos y se puso en cuclillas. Con cuidado levantó con la uña un trocito de fango seco. Éste ocultaba un profundo arañazo en el tronco del árbol. Cogió los restos de fango con la otra mano. Después escupió y humedeció el fango, y volvió a rellenar cuidadosamente la grieta. Había tres arañazos camuflados en un árbol, y cuatro en otro. Bond salió rápidamente de la zona de árboles en dirección a la carretera. Su coche estaba parado sobre una ligera pendiente que desembocaba debajo del puente de la autopista. Empujó el coche, se introdujo en él y no metió la marcha hasta llegar debajo del puente. Bond estaba otra vez en el claro, encima de éste, y todavía no sabía si su corazonada era cierta. Había sido la frase de M lo que le había puesto sobre la pista, si es que era una pista, y lo de los gitanos.

«Lo que habían olido los perros eran los gitanos... La mayor parte del invierno... se fueron el mes pasado. Ninguna queja... Una mañana desaparecieron.»

El factor invisible. El hombre invisible. Personas que forman parte del decorado, hasta tal punto que no se sabe si están ahí o no. Seis hombres y dos chicas que no hablaban una palabra de francés. Buena excusa, gitanos. Podían ser extranjeros y también no serlo, sólo eran gitanos. Algunos de ellos se habían ido en la caravana. Pero ¿se habían quedado otros y habían construido un escondite para el invierno, un lugar secreto en el que la captura de los despachos de alto secreto había sido su primera operación? Bond pensó que había estado alimentando fantasías hasta que encontró los arañazos cuidadosamente camuflados en los dos árboles. Estaban justo en el lugar en el que alguien que fuera en una motocicleta podría arañar la corteza con los pedales. Todo esto podían ser castillos en el aire, aunque Bond creía que tenía sentido. La única pregunta que se hacía era si aquella gente había dado un golpe aislado, o si confiaban tanto en su seguridad que podrían intentarlo de nuevo.

Confió solo en la Base de F e hizo caso de lo que le había dicho Mary Ann Russell, que tuviera cuidado. El jefe de F, más pragmático, pidió la cooperación de su unidad de St. Germain. Bond se despidió del coronel Schreiber y se trasladó a una cama de campaña del cuartel de la unidad, una casa anónima en un callejón de un pueblo anónimo. La unidad le proporcionó un equipo de camuflaje y los cuatro hombres del Servicio Secreto que trabajaban en la unidad se pusieron gustosamente a sus órdenes. Al igual que Bond, se habían dado cuenta de que si éste lograba aventajar a toda la maquinaria de seguridad de SHAPE, el Servicio Secreto se apuntaría un tanto de cara a la jefatura de SHAPE, y las preocupaciones de M sobre la independencia de su unidad desaparecerían de una vez por todas.

Bond, tumbado allí solo encima de la rama de roble, sonreía para sus adentros. Ejércitos privados, guerras privadas. ¡Cuánta energía malgastada en una causa común, cuántos disparos lanzados al enemigo común!

Las seis y media, hora de desayunar. Bond hurgó con la mano derecha en su ropa y después se la llevó a la boca. Intentó que la pastilla de glucosa le durase el mayor tiempo posible y después chupó otra. Sus ojos no dejaban de mirar al claro del bosque. La ardilla roja que había aparecido con las primeras luces y que comía brotes tiernos de haya sin parar corrió unos cuantos metros hacia las rosas sobre el montículo, cogió algo y empezó a darle vueltas entre sus patas mordisqueándolo. Las dos palomas que habían estado cortejándose ruidosamente entre la espesa hierba empezaron a aparearse torpemente y aleteando. Un par de gorriones recogían trocitos de hierba para el nido que estaban construyendo tardíamente sobre un espino. Un grueso tordo encontró al fin un gusano y empezó a tirar de él, mientras mantenía tensas las patas. Un grupo de abejas se arracimaba entre las rosas sobre el montículo, y allí estaba él a unos veinte metros de distancia del montículo, oyendo su estival sonido. Era como el decorado de un cuento de hadas, las rosas, los lirios, los pájaros y los amplios rayos de sol pasando a través de los enormes árboles, sobre el claro verde resplandeciente. Bond había trepado a su escondrijo a las cuatro de la mañana y no había contemplado nunca tan de cerca o durante tanto tiempo el momento de transición de la noche a un día espléndido. De repente se sintió ridículo. ¡En cualquier momento cualquier maldito pájaro podía posarse sobre su cabeza!

Fueron las palomas las que dieron la voz de alarma. Con un gran estrépito levantaron el vuelo en dirección a los árboles. Los demás pájaros las siguieron, y también la ardilla. El claro se quedó en silencio y sólo se oía el suave zumbido de las abejas. ¿Qué era lo que había ocasionado la alarma? El corazón de Bond empezó a latir fuertemente. Sus ojos rastrearon el claro en busca de alguna pista. Algo se movía entre las rosas. Era un movimiento insignificante, pero extraño. Lentamente, centímetro a centímetro, un tallo espinoso, demasiado recto y más bien grueso, se elevó por encima de las ramas. Siguió elevándose hasta llegar a unos dos palmos del suelo. Después se paró. El extremo del tallo tenía una sola rosa. Separado del arbusto, su aspecto era poco natural, pero sólo para alguien que hubiera visto todo el proceso. A primera vista sólo parecía un tallo aislado. De repente, los pétalos de la rosa giraron y se abrieron silenciosamente, mientras que los pistilos amarillos se separaban y un objetivo del tamaño de una moneda brillaba al sol. El objetivo parecía enfocar directamente a Bond, pero entonces, muy despacio, la rosa-objetivo empezó a girar sobre su tallo y siguió girando hasta que volvió a apuntar hacia Bond, después de haber inspeccionado minuciosamente todo el claro. Como si estuvieran satisfechos, los pétalos giraron lentamente tapando el objetivo y muy despacio la rosa volvió a descender hasta colocarse a la altura de las demás. Bond respiró con fuerza. Durante un instante, cerró los ojos para descansar. ¡Gitanos! Si esa pieza de maquinaria era una muestra, posiblemente, enterrado dentro del montículo se escondía el equipo de espionaje más profesional jamás imaginado, mucho más sofisticado que el que Inglaterra había diseñado para operar tras la invasión de Alemania, o que el que los propios alemanes habían dejado en las Ardenas. Un escalofrío de emoción, casi de temor, recorrió la espina dorsal de Bond. ¡O sea que tenía razón! Pero ¿qué iba a ocurrir después?

Procedente del montículo, llegaba una especie de chirrido agudo parecido al sonido de un motor eléctrico muy revolucionado. El rosal tembló ligeramente. Las abejas se alejaron, se quedaron quietas volando y luego se posaron otra vez. Lentamente, apareció una grieta dentada en el centro del rosal que se fue ensanchando. Las dos mitades del rosal se abrieron como si fueran las hojas de una puerta. La oscura abertura se agrandó y Bond vio las raíces del rosal que penetraban en la tierra a ambos lados de la abertura. El chirrido del mecanismo era ahora más intenso y se podía ver un brillo metálico en los bordes de las puertas curvas. Era como si un huevo de Pascua articulado se abriera. De repente, los dos segmentos se separaron y las dos mitades del rosal, en el que todavía estaban posadas las abejas, se abrieron del todo. Ahora la parte interior de la caja de metal que había soportado la tierra y las raíces del arbusto quedó expuesta al sol. De la oscura abertura entre las puertas curvas salía el brillo de una luz eléctrica. El chirrido del motor se paró. Apareció una cabeza, después unos hombros, y más tarde el resto del cuerpo de un hombre. Trepó despacio y se quedó agachado mientras miraba con atención alrededor del claro. Llevaba una pistola, una Luger, en la mano. Satisfecho, se volvió e hizo un movimiento hacia el interior del pozo. La cabeza y los hombros de un segundo hombre aparecieron. Llevaba en la mano tres pares de lo que parecían ser raquetas para la nieve y desapareció de la vista. El primer hombre eligió un par, se arrodilló y se las colocó debajo de las botas. Ahora se movía con más libertad, sin dejar huellas, pues la hierba se aplastaba ligeramente debajo de la ancha tela metálica y después volvía a levantarse. Bond sonrió. ¡Qué ingeniosos!

El segundo hombre salió, al que siguió un tercero. Sacaron una motocicleta del pozo, sujetándola entre los dos con cinchas, mientras el primer hombre, que sin duda era el jefe, se arrodillaba y se amarraba las raquetas para la nieve debajo de las botas. A continuación, caminaron en fila entre los árboles hacia la carretera. Había algo siniestro en el modo de pisar lentamente entre las sombras, levantando y colocando con cuidado sus enormes pies de pato, uno tras otro.

Bond dejó escapar un largo suspiro, al mismo tiempo que apoyaba suavemente su cabeza sobre la rama para relajar la tensión de los músculos del cuello. ¡De manera que era eso! Ahora se explicaba hasta el último detalle. Los dos subordinados llevaban monos grises, mientras que el jefe vestía el uniforme del Servicio Real de Transmisiones, y su motocicleta era una BSA M20 verde oliva con la matrícula del Ejército británico en el depósito de gasolina. No era de extrañar que el motorista-mensajero de SHAPE le hubiera dejado acercarse. ¿Qué había hecho el grupo con su botín de alto secreto? Probablemente, enviar un mensaje por radio, por la noche, informando de todo el meollo. Posiblemente, en lugar del periscopio, había salido del arbusto un tallo de rosa, y el generador de pedal había penetrado profundamente en la tierra y había emitido las claves de alta velocidad. ¿Claves? Debía de haber muy buenos secretos del enemigo allí abajo, en el pozo, si Bond pudiera reunir el equipo una vez fuera del escondite. ¡Y qué oportunidad para enviar falsa información al GRU, el Departamento de Inteligencia Militar soviético que presumiblemente lo controlaba! A Bond se le ocurrieron miles de ideas.

Los dos subordinados volvieron. Se metieron en el pozo y el arbusto de rosas se cerró sobre ellos. El jefe con su moto estaría entre los arbustos al borde de la carretera. Bond miró su reloj. Las seis cincuenta y cinco. ¡Claro! Estaba esperando que se aproximara otro mensajero. O no sabía que el hombre que había matado hacía un trayecto semanal, lo cual parecía poco probable, o suponía que SHAPE cambiaría sus costumbres para mayor seguridad. Eran personas cuidadosas. Probablemente, tenían órdenes de hacer una limpieza a fondo antes de que llegara el verano y hubiera demasiados excursionistas en el bosque. Entonces retirarían el equipo y lo volverían a colocar en invierno. ¿Quién podría adivinar cuáles eran sus planes a largo plazo? Lo que era evidente era que el jefe se estaba preparando para cometer otro crimen.

Transcurrieron diez minutos. A las siete y diez, el jefe volvió a aparecer. Se quedó de pie a la sombra de un gran árbol en el borde del claro y emitió un silbido corto y agudo como de pájaro. Inmediatamente el arbusto de rosas empezó a abrirse y los dos subordinados salieron y siguieron al jefe otra vez hacia los árboles. En dos minutos volvieron con la moto colgada entre los dos. El jefe, después de echar un vistazo alrededor para comprobar que no habían dejado huellas, los siguió dentro del pozo y las dos mitades del arbusto volvieron a cerrarse rápidamente detrás de ellos.

Media hora después, la vida volvía a latir de nuevo en el claro. Y una hora más tarde, cuando el sol estaba ya alto y las sombras eran más oscuras, James

Bond se echó hacia atrás silenciosamente sobre la rama, y dejándose caer suavemente encima de un trozo de musgo que había detrás de una zarza, se adentró en el bosque.

Aquella noche discutió con Mary Ann Russell por teléfono.

—¡Estás loco! —le dijo ella—. No dejaré que sigas adelante. Voy a decirle al jefe de F que telefonee al coronel Schreiber y se lo cuente todo. Este trabajo le corresponde a SHAPE y no a ti.

—No vas a hacer nada de eso —contestó Bond, enfadado—. El coronel Schreiber está encantado de que sustituya al mensajero de servicio y que haga el trayecto mañana por la mañana. Es todo lo que necesita saber en este momento, una especie de reconstrucción del crimen. No le importa en absoluto. Prácticamente ya ha archivado el caso. Ahora sé buena chica y haz lo que te digo: envía mi informe a M. Él entenderá que tengo que aclarar este asunto. No se opondrá.

—¡Maldito sea M, maldito seas tú y maldito sea el estúpido Servicio! —Su voz dejaba traslucir lágrimas de rabia—. Eres como un niño jugando a los pieles rojas. Ocuparte de eso tú solo. ¡Lo haces para alardear, eso, para alardear!

Bond estaba empezando a enfadarse.

—Ya está bien, Mary Ann —dijo—. Escribe ese informe. Lo siento, pero es una orden.

—Muy bien. —Su voz mostraba resignación—. No tienes que demostrar que eres mi superior. Pero ten cuidado. Como mínimo, los chicos de la Base local recogerán tus pedazos. Buena suerte.

—Gracias, Mary Ann. ¿Quieres cenar conmigo mañana por la noche? Iremos a algún lugar como el Armenonville. Champán rosado y violines cíngaros. París en primavera.

—Sí —le contestó—. Me encantaría, pero ten muchísimo cuidado. ¿De acuerdo?

—No te preocupes, lo tendré. Buenas noches.

—Buenas noches.

Bond se pasó el resto de la noche perfeccionando su plan y dando las últimas instrucciones a los cuatro hombres de la Base.

Amaneció otro día espléndido. Bond, cómodamente sentado a horcajadas sobre la palpitante BSA mientras esperaba que le dejaran salir, apenas podía creer en la emboscada que le estaría esperando más allá del Cruce real.

El cabo del Servicio de Transmisiones, que le había entregado el maletín vacío y que iba a darle la señal para salir, le dijo:

—Tiene el aspecto de haber pasado toda la vida en el Servicio, señor. Sólo necesitaría un buen corte de cabello, pero el uniforme le sienta estupendamente. ¿Qué le parece la moto?

—Es una maravilla. Me había olvidado ya de lo divertidos que son estos cacharros.

—Yo preferiría un buen Austin A40, señor.

El cabo miró su reloj.

—Las siete en punto.

Levantó el pulgar.

—De acuerdo.

Bond se colocó las gafas, saludó al cabo con la mano, pisó la palanca de marchas y salió rodando sobre la grava a través de la verja principal.

Salió de la 184 y tomó la 307, pasando por Bailly y Noisy-le-Roi, hasta que encontró el desvío de St. Nom. Ahí tenía que girar a la derecha para coger la D98, «la carretera de la muerte», como la había llamado el encargado de los perros. Bond se metió en el arcén de hierba y miró una vez más el Colt 45 de cañón largo. Volvió a poner de nuevo la pistola contra su estómago y se dejó el botón de la chaqueta sin abrochar. «¡Preparado, listo…!»

Bond dobló la curva cerrada y se puso a cincuenta por hora. Delante de él apareció el viaducto que llevaba a la autopista de París. La oscura boca del túnel debajo de éste se abrió y se lo tragó. El ruido del tubo de escape era terrible, y durante un momento percibió el olor frío y húmedo del túnel. Después volvió a salir al sol, atravesando velozmente el Cruce real. Tres kilómetros más adelante apareció el brillo de la superficie de asfalto que cruzaba el bosque y sintió el aroma dulzón de las hojas y el rocío. Disminuyó la velocidad a cuarenta. El espejo retrovisor de la izquierda temblaba ligeramente por la velocidad. No se veía nada más que la perspectiva desierta y extensa de la carretera entre las filas de árboles que serpenteaban a lo lejos detrás de él como una estela verdosa. No había señal alguna del asesino. ¿Se habría asustado? ¿Habría habido algún problema? Pero, en ese mismo instante, una diminuta mota negra apareció en el centro del espejo convexo, un mosquito que se convirtió en una mosca, después en una abeja y por último en un escarabajo. Y ahora era un casco inclinado sobre un manillar entre dos enormes garras negras. ¡Cielos, venía rápido! Los ojos de Bond iban del espejo a la carretera y de la carretera al espejo. De repente ¡la mano derecha del asesino cogió la pistola…!

Bond redujo la velocidad: treinta y cinco, treinta, veinte. Delante, el asfalto era liso como el metal. Echó un último vistazo al espejo. El hombre había levantado la mano derecha del manillar. El sol que daba en las gafas del motorista iluminaba unos enormes ojos encendidos debajo del borde del casco. ¡Ahora! Bond frenó violentamente y, después de hacer patinar la BSA en un ángulo de cuarenta y cinco grados, apagó el motor. No fue lo suficientemente rápido en sacar la pistola. El arma del asesino disparó dos veces y una bala alcanzó los muelles del sillín detrás del muslo de Bond. Pero entonces el Colt dijo la última palabra, y el asesino y su BSA, como si hubieran sido cogidos a lazo desde el interior del bosque, giraron atropelladamente fuera de la carretera, saltaron una zanja y se estrellaron contra el tronco de un haya. Durante un instante hombre y máquina quedaron colgando del enorme tronco, y después, con un estertor metálico, cayeron hacia atrás sobre la hierba.

Bond saltó de su moto y caminó hacia el horrible amasijo humeante de color caqui y acero. No había necesidad de comprobar si tenía pulso. Dondequiera que la bala le hubiera alcanzado, el casco aplastado estaba destrozado como una cascara de huevo. Bond se alejó y volvió a introducir la pistola en la parte delantera de su chaqueta. Había tenido suerte; no había que tentarla más. Se subió a la BSA y aceleró en dirección a la carretera.

Apoyó la BSA contra uno de los árboles marcados del interior del bosque y caminó despacio por el borde del claro. Se quedó de pie a la sombra de la enorme haya. Se humedeció los labios y lanzó un silbido, lo más parecido que pudo, al del asesino. Esperó un rato. ¿Se había equivocado de silbido? Pero poco después el arbusto se agitó y empezó a oírse el chirrido fino y agudo. Bond introdujo el pulgar derecho en la cinturilla a pocos centímetros de la culata de la pistola. Esperaba no tener que volver a matar a nadie. Seguramente los dos subordinados no iban armados. Con un poco de suerte saldrían despacio.

Las puertas curvas se abrieron. Desde el lugar donde se encontraba, Bond no podía ver el fondo del pozo, pero en pocos segundos el primer hombre ya estaba fuera colocándose las raquetas en los pies, y detrás iba otro hombre. ¡Las raquetas para la nieve! El corazón de Bond dejó de latir. ¡Lo había olvidado! Tendrían que estar escondidas en el matorral. ¡Qué estúpido! ¿Se darían cuenta?

Los dos hombres se dirigieron despacio hacia él, pisando con cuidado. Después de caminar unos siete metros, el primer hombre susurró unas palabras en algo que sonaba a ruso. Como Bond no respondía, los hombres se pararon, mirándolo asombrados. Bond percibió el peligro. Sacó de golpe la pistola y se dirigió hacia ellos, agachado.

—¡Manos arriba! —les conminó.

Hizo un movimiento con la boca del Colt. El hombre que iba primero gritó una orden y se lanzó hacia delante. Al mismo tiempo, el segundo volvió corriendo hacia el escondite. Un rifle retumbó entre los árboles y la pierna derecha del hombre se dobló debajo de él. Los hombres de la Base salieron al descubierto y se acercaron corriendo. Bond cayó sobre una rodilla y golpeó con el cañón de la pistola el cuerpo que se abalanzaba sobre él. Le dio, pero el hombre se echó sobre él. Bond notó las uñas que se abalanzaban sobre sus ojos, se agachó y le hizo un «gancho». En ese momento una mano agarró su muñeca derecha, haciendo girar lentamente su pistola hacia él. Dado que no quería matar, había puesto el seguro. Intentó meter el pulgar. Una bota le golpeó en un lado de la cabeza, soltó la pistola y cayó hacia atrás. A través de una niebla rojiza pudo ver la boca de la pistola apuntando hacia su rostro. El pensamiento de que iba a morir cruzó rápidamente por su mente, ¡morir por haber mostrado piedad…!

De repente, la boca de la pistola desapareció y pudo sentir el peso del hombre encima de él. Bond se puso de rodillas y después se levantó. El cuerpo, con los miembros extendidos sobre la hierba junto a él, dio un último estertor. Había rasgaduras ensangrentadas en la parte de atrás del mono. Bond miró alrededor. Los cuatro hombres de la Base formaban un grupo. Bond desabrochó la correa de su casco y se frotó la parte lateral de la cabeza.

—Gracias —dijo—. ¿Quién ha sido?

Nadie respondió. Los hombres parecían confundidos.

Bond caminó hacia ellos, intrigado.

—¿Qué es lo que ocurre?

De repente, Bond percibió un leve movimiento detrás de ellos; pudo ver una pierna, una pierna de mujer. Bond rió a carcajadas. Los hombres sonrieron tímidamente y miraron detrás de ellos. Mary Ann Russell, vestida con una camisa azul y unos vaqueros negros, salió detrás de ellos con las manos levantadas. En una de las manos llevaba una escopeta del 22 con teleobjetivo. Bajó las manos y metió el rifle en la parte alta de los vaqueros. Se acercó a Bond y le dijo con inquietud:

—No vas a culpar a nadie. ¿Verdad? No quería que se fueran sin mí esta mañana. —Suplicó con sus ojos—. Suerte que he venido; quiero decir, que casualmente he sido la primera en disparar. Nadie quería hacerlo por temor a darte.

Bond le sonrió y le dijo:

—Si no llegas a venir, hubiera tenido que cancelar la cita para la cena.

Y volviéndose hacia los hombres, exclamó en tono serio:

—Muy bien. Uno de vosotros que coja la moto e informe de todo esto al coronel Schreiber. Dígale que estamos esperando a su equipo antes de echar un vistazo al escondite. Y eso incluye a un par de hombres antisabotaje. Ese pozo puede ser una trampa. ¿De acuerdo?

Bond cogió a la chica por el brazo y le dijo:

—Ven aquí. Quiero enseñarte el nido de un pájaro.

—¿Es una orden?

—Sí.

Sólo para tus ojos

El pájaro más hermoso de Jamaica y, para muchos, el más hermoso del mundo es el colibrí. El macho mide unos veintidós centímetros, de los cuales diecisiete son de cola, y tiene dos largas plumas negras que se curvan cruzándose y cuyos bordes interiores son festoneados. La cabeza y la cresta son negras, y las alas, verde oscuro; tiene un largo pico rojo escarlata y ojos negros, brillantes y confiados. Su cuerpo es verde esmeralda, tan brillante que cuando el sol le da en el pecho es el objeto verde más deslumbrante de la naturaleza. En Jamaica, la gente pone motes a los pájaros que ama. El *Trochilus Polytmus* recibe el nombre de «doctor pájaro» porque los dos gallardetes negros de su cola se parecen al chaqué negro de los antiguos médicos.

La señora Havelock sentía un cariño especial por dos familias de pájaros, pues desde que llegó a Content, nada más casarse, los había visto chupando miel, peleándose, haciendo nidos y apareándose. Tenía más de cincuenta años, y después de las dos primeras parejas, a las que su suegra había llamado «Pyramus» y «Thisbe», y «Daphnis» y

«Chloe», muchas generaciones de estas dos familias de pájaros habían nacido y desaparecido. Pero había llamado con los mismos nombres a las sucesivas parejas, y ahora la señora Havelock estaba sentada delante de un elegante servicio de té en la amplia y fresca terraza mientras contemplaba a «Pyramus», que gorjeaba orgullosamente a «Daphnis», que acababa de terminar de chupar miel en el enorme arbusto de laurel japonés y se había colado en la araucaria vecina, territorio de «Pyramus». Las dos diminutas cometas negras y verdes volaban formando remolinos sobre la extensa y hermosa pradera de césped, salpicada de brillantes macizos de hibiscos y buganvillas, hasta que se perdieron de vista entre los limonares. Pronto volverían. La lucha entre las dos familias era solo un juego. En este bello jardín cultivado había suficiente miel para todos.

La señora Havelock dejó la taza, cogió un emparedado de Patum Peperium y exclamó:

—¡Qué presumidos son!

El coronel Havelock miró por encima del *Daily Gleaner*.

—¿Quiénes?

—«Pyramus» y «Daphnis».

—Ya.

El coronel Havelock estaba convencido de que eran unos nombres ridículos.

—Parece que Batista va a irse pronto —comentó—. Castro está aguantando la presión bastante bien. Un tipo de Barclay me ha dicho esta mañana que ha llegado un montón de dinero negro, y que han vendido Belair. ¡Ciento cincuenta mil libras por mil acres de tierra para ganado y una casa que las hormigas rojas habrán destrozado en Navidad! Alguien se ha presentado repentinamente y ha comprado ese espantoso hotel, Puerto Azul, e incluso se dice que Jimmy Farquharson ha encontrado comprador para su casa, supongo que al mismo tiempo que se deshace de la plaga de hongos y de la enfermedad de Panamá.

—Ursula estará contenta. La pobrecilla ya no soporta vivir ahí. Pero no puedo decir que me guste la idea de que esos cubanos compren toda la isla. Tim, ¿de dónde sacan todo ese dinero?

—Tráfico de drogas, dinero de la mafia, fondos del gobierno, quién sabe. La zona está llena de ladrones y pistoleros. Seguramente quieren sacar el dinero de Cuba e invertirlo rápidamente. Jamaica es un lugar estupendo ahora que tenemos convertibilidad con el dólar. Al parecer, el hombre que compró Belair sacó el dinero de una maleta y lo tiró al suelo en la oficina de Aschenheims. Supongo que conservarán la propiedad uno o dos años, y cuando todo este lío haya pasado, o cuando llegue Castro y acabe de limpiarlo todo, lo volverán a poner a la venta, perderán una cantidad razonable y se irán a cualquier sitio. Por un lado, es una pena, pues Belair era una finca magnífica. Se podía haber recuperado si alguien de la familia se hubiese preocupado.

—Tenía diez mil acres en tiempos del abuelo de Bill. El guardabosques tardaba tres días en llegar a los lindes.

—A Bill le importa un comino. Apuesto a que ya tiene reservado el pasaje para Londres. Otra familia antigua que se va. Pronto sólo quedaremos nosotros. Gracias a Dios que a Judy le gusta este sitio.

La señora Havelock contestó tranquilamente: «Sí, querido», y agitó la campanilla para que retiraran el servicio de té. Agatha, una enorme negra de piel azulada, con el antiguo turbante blanco que ya sólo se utiliza en el interior de Jamaica, entró en el salón blanco y rosa, seguida de Fayprince, una joven cuarterona de Port Maria, a la que estaba educando como segunda doncella. La señora Havelock se dirigió a ella:

—Agatha, ya es hora de que empecemos a hacer conserva. Este año las guayabas han madurado temprano.

Agatha, sin inmutarse, exclamó:

—Sí, señora. Pero necesitamos más botes.

—¿Cómo dices? Si el año pasado te di dos docenas de los mejores que encontré en Henriques.

—Sí, señora. Pero alguien ha roto cinco o seis.

—Vaya por Dios. ¿Y cómo ha sido eso?

—No lo sé.

Agatha cogió la bandeja grande de plata y se quedó inmóvil, mientras miraba a la señora Havelock.

La señora Havelock no siempre había vivido en Jamaica, y no sabía que un destrozo es un destrozo y que a nadie se le ocurriría buscar al culpable.

—Está bien, Agatha. Ya compraré algunos más cuando vaya a Kingston.

—Sí, señora.

Agatha volvió a la casa, seguida por la joven.

La señora Havelock cogió una labor de punto de cruz y empezó a bordar, moviendo los dedos de forma automática. Volvió a mirar los grandes matorrales de laurel japonés y araucaria. Sí, los dos machos habían vuelto. Estaban revoloteando entre las flores, con sus elegantes colas erguidas. El sol había descendido sobre el horizonte y de vez en cuando aparecían destellos de un hermoso color verde intenso. En la rama más alta de una mata de jazmín un sinsonte empezó a cantar su repertorio nocturno. El tintineo de una madrugadora rana de zarzal anunció la llegada del breve y violeta anochecer.

Content, una extensión de veinte mil acres de tierra situada en las laderas de Candlefly Peak, uno de los montes más orientales de las Montañas Azules, había sido un regalo de Oliver Cromwell a uno de los primeros Havelock, como recompensa por haber sido uno de los firmantes de la sentencia de muerte del rey Carlos. A diferencia de otros muchos colonos de aquella época y de tiempos más recientes, los Havelock habían conservado la plantación a lo largo de tres siglos, a pesar de los terremotos y huracanes, y a pesar del auge y de la quiebra del cacao, el azúcar, los cítricos y la copra. Ahora cultivaban el plátano y criaban ganado, y era una de las fincas privadas más ricas y mejor explotadas de la isla. La casa, reparada y reconstruida después de los terremotos y huracanes, era una especie de híbrido, un edificio central de dos pisos, con pilares de caoba, construido sobre cimientos de piedra, con dos alas de una planta a ambos lados, tejados jamaicanos planos con aleros de tablillas de madera de cedro.

Los Havelock estaban sentados en el edificio central, enfrente del jardín que bajaba formando una suave pendiente. A lo lejos se veía un enmarañado paisaje selvático que se extendía a lo largo de treinta kilómetros hasta el mar.

El coronel Havelock dejó el *Gleaner*.

—Me parece que viene un coche.

La señora Havelock exclamó convencida:

—Si son esos horribles Fedden de Port Antonio, tienes que deshacerte de ellos. Ya no soporto sus lamentaciones sobre Inglaterra. Además, la última vez que vinieron se fueron borrachos y la cena se quedó fría. —Se levantó rápidamente—. Voy a decirle a Agatha que les diga que tengo jaqueca.

Agatha apareció por la puerta del salón. Parecía enfadada. La seguían tres hombres.

—Son de Kingston, señora —exclamó apresuradamente— y vienen a ver al coronel.

El hombre que iba en primer lugar adelantó al ama de llaves. Todavía llevaba puesto el sombrero, un panamá con el ala corta curvada hacia arriba. Se lo quitó con la mano izquierda y lo sujetó contra el estómago. Los rayos del sol hacían relucir la brillantina de su pelo y los blancos dientes, que sonreían. Se acercó al coronel Havelock, tendiendo la mano y dejándola quieta frente a éste.

—Comandante González. De La Habana. Encantado de conocerle, coronel.

Tenía el típico acento americano de los taxistas jamaicanos. El coronel Havelock se levantó y rozó fugazmente la mano tendida. Después miró por encima de los hombros del comandante a los dos hombres que se habían quedado de pie a ambos lados de la puerta. Los dos llevaban la nueva bolsa de viaje del trópico, un neceser de Pan American. Las bolsas parecían pesadas. En ese momento los dos hombres se inclinaron y las colocaron junto a sus zapatos amarillentos. Se volvieron a poner de pie. Llevaban gorras blancas con viseras verdes transparentes que producían sombras verdosas sobre sus pómulos. A través de las sombras sus groseros y astutos ojos miraban fijamente al comandante, estudiando su comportamiento.

—Son mis secretarios.

El coronel Havelock sacó una pipa del bolsillo y empezó a llenarla. Sus ojos azules examinaron la ropa chillona, los elegantes zapatos y las pulidas uñas del comandante y, a continuación, los vaqueros y las camisas indias de los otros dos hombres. Se preguntó cómo podía hacer que los hombres entraran en su estudio y llegar hasta el revólver que guardaba en el cajón de arriba de su mesa. Mientras observaba los ojos y la boca del comandante a través del humo, le preguntó:

—¿En qué puedo ayudarle?

El comandante González extendió las manos. Seguía mostrando una amplia sonrisa. Sus ojos acuosos, casi dorados, miraban de forma risueña, amigable.

—Se trata de negocios, coronel. Soy el representante de cierto caballero de La Habana —exclamó haciendo un movimiento con su mano derecha—. Un caballero muy poderoso. Un tipo estupendo. —El comandante González adoptó una expresión de sinceridad—. Le gustará, coronel. Me ha pedido que le presente sus respetos y que le pregunte el precio de su propiedad.

La señora Havelock, que había estado observando la escena con una leve y cortés sonrisa, se acercó a su esposo y exclamó amablemente, para no confundir al pobre hombre:

—¡Qué pena, comandante! ¡Hacer todo ese trayecto por esos caminos llenos de polvo! Realmente, su amigo debería habernos escrito antes, o haber preguntado a alguien de Kingston o al Gobierno Civil. Mire usted, la familia de mi marido ha vivido aquí desde hace casi trescientos años. —Le miró con dulzura, de forma compungida—. Lo lamento, pero de ninguna manera pensamos vender Content. Nunca lo hemos pensado. Quisiera saber cómo se le ha podido ocurrir esa idea a su amigo.

El comandante González inclinó ligeramente la cabeza. Su rostro sonriente se volvió al coronel Havelock y se dirigió a él, sin hacer caso de lo que le acababa de decir la señora Havelock:

—Mi hombre ha sido informado de que ésta es una de las mejores estancias de Jamaica. Es un hombre enormemente generoso. Puede pedirle la cantidad que considere razonable.

El coronel Havelock le replicó con firmeza:

—Ya ha oído lo que le ha dicho la señora Havelock. La propiedad no está en venta.

El comandante González se echó a reír, con una risa casi auténtica, y movió la cabeza como si estuviera explicando algo a un niño torpe.

—No me ha entendido, coronel. Mi hombre desea esta propiedad y ninguna otra de Jamaica. Tiene dinero, un dinero extra para invertir. Este dinero pide una casa en Jamaica, y mi hombre quiere que sea su casa.

El coronel Havelock le respondió pacientemente:

—Lo entiendo perfectamente, comandante, y lamento decirle que siento que haya perdido el tiempo. Content no se pondrá a la venta mientras yo viva. Y ahora, si me perdona, mi esposa y yo tenemos la costumbre de cenar temprano, y ustedes tienen que recorrer un largo camino. —Hizo un movimiento hacia la izquierda, señalando hacia la terraza—. Creo que por aquí llegarán antes a su coche. Acompáñenme.

El coronel Havelock hizo un movimiento invitándole a salir, pero como el comandante no se movía, se detuvo. Sus ojos azules se quedaron inmóviles.

La sonrisa del comandante González ya no era tan abierta y sus ojos permanecieron atentos, aunque sus modales seguían siendo joviales.

—Un momento, coronel —dijo alegremente.

Dio una imperativa orden por encima de su hombro. Los Havelock notaron que la risueña máscara desaparecía mientras las bruscas palabras salían a través de sus dientes. Por primera vez, la señora Havelock pareció ligeramente asustada y se acercó un poco más a su marido. Los dos hombres recogieron las bolsas azules de Pan American y dieron un paso hacia delante. El comandante González tiró de las dos cremalleras y las abrió. Se quedaron con la boca abierta. Las bolsas estaban llenas a rebosar de fajos de dinero americano.

—Billetes de cien dólares, todos auténticos, medio millón de dólares. En su moneda, son unas ciento ochenta mil libras. Una pequeña fortuna. En el mundo hay muchos sitios agradables para vivir, coronel, y mi hombre podría añadir otras veinte mil libras más para redondear la suma. Tienen una semana. Sólo necesito una hoja de papel con su firma. Los abogados harán lo demás. Vamos, coronel —dijo mostrando una sonrisa de triunfo—, ¿me dice que sí y nos damos la mano? Después se quedan con las bolsas y dejamos que cenen tranquilos.

Los Havelock miraron al comandante con el mismo gesto, una mezcla de indignación y desprecio. Era fácil imaginarse a la señora Havelock contando la historia al día siguiente:

«Un hombre vulgar y mugriento. ¡Y esas sucias bolsas de plástico llenas de dinero!… Timmy estuvo fantástico. Les dijo que se fueran y que se llevaran el dinero».

La boca del coronel Havelock hizo un gesto de disgusto y replicó:

—Creo que he sido absolutamente claro, comandante. La propiedad no está en venta a ningún precio. Y no comparto su ansia de dólares americanos. Le ruego que se vaya.

El coronel Havelock dejó la pipa sobre la mesa, preparándose para arremangarse la camisa.

Por vez primera, la sonrisa del comandante González perdió su entusiasmo. Su boca seguía sonriendo, aunque en ese momento se contrajo en una mueca de ira. Sus acuosos ojos dorados se volvieron repentinamente descarados y penetrantes. Susurró en voz baja:

—Coronel. Creo que el que no ha sido suficientemente claro soy yo, y no usted. Mi hombre me ha ordenado que le diga que, si no acepta su generosa propuesta, nos veremos obligados a emplear otras medidas.

De repente, la señora Havelock sintió miedo. Puso su mano sobre el brazo del coronel Havelock y lo apretó con fuerza. Éste exclamó con los labios apretados:

—Por favor, déjenos solos y váyase, comandante. En caso contrario, tendré que llamar a la policía.

El comandante González sacó la punta de la lengua y lentamente se la pasó por los labios. El entusiasmo había desaparecido de su rostro, que ahora tenía un aspecto tenso y hosco.

—O sea que mientras usted viva, coronel, la propiedad no se pondrá a la venta. ¿Es su última palabra?

Llevó la mano derecha a su espalda y, una vez más, chascó los dedos suavemente. Detrás de él las manos de los dos hombres que sujetaban las pistolas se deslizaron a través de la abertura de sus alegres camisas, por encima de la cintura. Con la penetrante mirada de un animal, observaban los dedos del comandante en la espalda.

La señora Havelock se llevó una mano a la boca. El coronel Havelock intentó decir que sí, pero tenía la boca seca. Tragó ruidosamente. No podía creerlo. Ese asqueroso ladrón cubano debía de estar tirándose un farol. Con voz poco clara, logró decir:

—Efectivamente.

El comandante González asintió lacónicamente.

—En ese caso, coronel, mi hombre continuará las negociaciones con el siguiente propietario, su hija.

Chasqueó los dedos. El comandante González se echó hacia un lado para tener un mejor campo de tiro. Sacó sus oscuras manos de mono de la alegre camisa y unos horribles trozos de metal en forma de salchicha cayeron una y otra vez sobre ellos, incluso cuando los dos cuerpos ya estaban en el suelo.

El comandante González se inclinó y comprobó el lugar donde habían dado las balas. A continuación los tres hombres se dirigieron de nuevo al salón rosa y blanco y, cruzando el oscuro pasillo decorado con madera de caoba, salieron a través de la elegante puerta delantera. Subieron pausadamente a un Ford Consul Sedan negro con matrícula de Jamaica. Con el comandante González al volante y los dos pistoleros en el asiento de atrás, el coche bajó despacio por la larga avenida de Roy al Palms. En el cruce de la calle con la carretera de Port Antonio, los cables de teléfono cortados colgaban sobre los árboles como si fueran lianas brillantes.

El comandante González condujo el coche con cuidado y pericia por la tosca carretera municipal, hasta llegar a la franja metálica que discurría junto a la costa. Después aceleró. Veinte minutos después del asesinato, llegaron a la zona urbanizada del pequeño puerto bananero. Allí metió el coche robado en el arcén de hierba, junto a la carretera; los tres hombres bajaron y caminaron cuatrocientos metros por la escasamente iluminada calle principal, hasta los muelles de bananas. Una motora los estaba esperando, con el tubo de escape formando burbujas en el agua. Los tres hombres saltaron dentro y la lancha salió lanzada surcando las tranquilas aguas del puerto más bello del mundo, según una poetisa americana. La cadena del ancla estaba ya medio izada a bordo de la reluciente Chriscraft de cincuenta toneladas. Llevaba la bandera de barras y estrellas. Las dos elegantes antenas de alta mar indicaban que eran turistas, de Kingston, quizás, o de Montego Bay. Los tres hombres saltaron a bordo y el barco zarpó. Dos botes daban vueltas alrededor pidiendo limosna. El comandante González lanzó una moneda de cincuenta centavos a cada uno y los hombres se fueron. Los dos motores arrancaron con un zumbido vacilante y la Chriscraft hundió la popa durante un segundo y después puso rumbo hacia el profundo canal bajo el hotel Titchfield. Al amanecer, estaría de vuelta en La Habana. Los pescadores y empleados del muelle que contemplaban la lancha desde tierra discutían sobre cuál de las estrellas de cine que pasaban las vacaciones en Jamaica podría ser.

Arriba, sobre la amplia terraza de Content, los últimos rayos de sol brillaban sobre las manchas rojas. Uno de los colibríes zumbaba sobre la balaustrada mientras se cernía sobre el corazón de la señora Havelock y miraba hacia abajo. No, no le gustaba. Y se alejó alegremente hacia su percha en los tupidos hibiscos.

Se oyó el ruido de un coche deportivo que se acercaba tomando la curva de la calle como si estuviera haciendo carreras. Si la señora Havelock hubiera estado viva, habría exclamado enseguida:

«Judy, te he dicho que no tomes la curva así. Echas grava por todo el césped y ya sabes que luego se estropea el cortacésped de Joshua».

Londres. Un mes más tarde. Octubre había comenzado con una semana de luminoso veranillo de San Miguel y, a través de las ventanas abiertas del despacho de M, se podía oír el ruido de los cortacéspedes de Regent's Park. Eran segadoras eléctricas, y James Bond pensó que uno de los sonidos más hermosos del verano, el soporífero sonido metálico de las viejas máquinas, estaba desapareciendo del planeta. Quizás los niños de hoy sentían lo mismo al oír el resoplido y el castañeteo de los pequeños motores de dos tiempos. Al menos, la hierba recién cortada olía igual.

Bond tenía tiempo para reflexionar, pues M parecía tener problemas para entrar en materia. Le había preguntado si estaba trabajando en algo en ese momento y él había respondido alegremente que no, esperando que le abriera la caja de Pandora. Estaba ligeramente intrigado, pues M le había llamado James en lugar de 007. Esto no era habitual en horas de servicio. Sonaba como si la misión tuviera algo de personal, como si fuera una petición en lugar de una orden. Y a Bond le parecía que había un pequeño resquicio de preocupación en los fríos y clarísimos ojos grises. Además, tres minutos era demasiado tiempo para encender una pipa.

M giró su silla hasta colocarla junto a la mesa y lanzó la caja de cerillas que resbaló por la funda de piel roja hacia Bond. Éste la paró y la volvió a empujar cortésmente hacia el centro de la mesa. Parecía estar tomando una decisión. De repente, se dirigió a él tranquilamente:

—James, ¿ha pensado alguna vez que todos los hombres de la flota saben lo que tienen que hacer, excepto el almirante?

Bond frunció el ceño y respondió:

—No lo había pensado, señor. Pero sé lo que quiere decir. Los demás sólo deben cumplir las órdenes y el almirante tiene que darlas. Me imagino que quiere decir que el mando supremo es el cargo más solitario que existe.

M sacudió su pipa hacia un lado.

—Algo así. Alguien tiene que ser fuerte y tomar la última decisión. Si envías una insensata señal al Almirantazgo, mereces que te dejen en tierra. Algunos son religiosos y dejan que Dios tome la decisión.

Los ojos de M estaban a la defensiva.

—Hubo un tiempo en que yo hacía eso en el Servicio, pero Él siempre me devolvía la pelota y me decía que siguiera adelante y que me decidiera. Supongo que eso es bueno, pero duro. El problema está en que pocas personas siguen siendo duras después de los cuarenta. Han sido golpeadas ya por la vida, han tenido problemas, tragedias, enfermedades. Todas esas cosas acaban ablandándote.

M miró de forma penetrante a Bond.

—¿Qué coeficiente de dureza tiene, James? Todavía no ha llegado a la edad peligrosa.

A Bond no le gustaban las preguntas personales. No sabía qué responder, ni tampoco cuál era la verdad. No tenía mujer, ni hijos, y nunca había sufrido la tragedia de una pérdida personal. No había tenido que soportar la ceguera, ni ninguna enfermedad mortal. No tenía ni idea de cómo podría afrontar esas cosas que necesitaban más entereza de la que él había sido capaz de mostrar.

—Supongo que podría soportar la mayoría de las cosas si tuviera que hacerlo —respondió indeciso—, y si creyera que es lo que debo hacer, señor —no le gustaba utilizar esas palabras—, si la causa fuera justa, señor.

Siguió hablando, sintiéndose avergonzado de sí mismo por devolverle la pelota a M.

—Por supuesto, no es fácil saber lo que es justo y lo que no lo es. Me imagino que cuando el Servicio me asigna una tarea desagradable, es por una causa justa.

—¡Diantre! —Los ojos de M brillaron impacientes—. ¡Eso es exactamente lo que quería decir! Usted confía en mí. No asume ninguna responsabilidad solo. —Se llevó la pipa hacia el pecho—. Soy yo quien tiene que hacerlo. Soy el único que tiene que decidir si una cosa está bien o no.

La cólera desapareció de sus ojos. Su boca ceñuda se torció en un gesto amargo. Luego exclamó melancólicamente:

—Bueno, supongo que para eso me pagan. Alguien tiene que conducir el puñetero tren.

M volvió a llevarse la pipa a la boca y aspiró relajándose.

En ese momento Bond sintió pena por M. Nunca antes le había oído decir una palabra tan fuerte como «puñetero», ni tampoco le había visto mostrar a ningún miembro del personal indicios de que sintiera que estaba llevando, y que había llevado siempre, una pesada carga desde que había renunciado a la esperanza de convertirse en el quinto Gran Almirante, al encargarse del Servicio Secreto. M tenía un problema. Bond se preguntaba qué podría ser. No estaba relacionado con el peligro: cuando M tenía alguna posibilidad, se atrevía a cualquier cosa, en cualquier lugar del mundo. Tampoco era de tipo político: a M le importaban un comino las susceptibilidades de cualquier ministerio y no pensaba en absoluto en hacerles la pelota para obtener alguna decisión personal del primer ministro. Debía de ser de tipo moral o, quizás, personal. Bond le dijo:

—¿En qué puedo ayudarle, señor?

M miró brevemente y de forma pensativa a Bond y luego giró la silla para poder contemplar bien las altas nubes de verano a través de la ventana. De repente, le preguntó:

—¿Se acuerda del caso Havelock?

—Sólo recuerdo lo que leí en los periódicos, señor. Una pareja de ancianos en Jamaica. Su hija llegó a casa una noche y los encontró acribillados a balazos. Se habló de ciertos pistoleros de La Habana. El ama de llaves declaró que tres hombres habían llegado en un coche; creyó que podrían ser cubanos. Al parecer, el coche era robado. Aquella noche un barco zarpó del puerto. Pero, según creo recordar, la policía no averiguó nada. Eso es todo, señor. No he visto señales de que el caso haya avanzado.

M exclamó bruscamente:

—No las vio porque era un tema personal mío. No se le pidió que se encargara del caso, eso es todo. —M se aclaró la garganta—. Yo conocía a los Havelock. Es más, fui su padrino de boda, en Malta, en mil novecientos veinticinco.

—Ya veo, señor. Es una pena.

M dijo escuetamente:

—Buena gente. En fin, encargué el caso a la Base C. No llegaron muy lejos con la gente de Batista, pero tenemos un buen contacto en el otro lado, con ese Castro. Y, al parecer, la gente de Inteligencia de Castro está muy metida en el gobierno. Me enteré de toda la historia hace un par de semanas. El asunto es que un hombre llamado Hammerstein, o Von Hammerstein, asesinó al matrimonio. Hay un montón de alemanes bien escondidos en esas repúblicas bananeras. Son nazis que se escaparon al final de la guerra. Éste era de la Gestapo. Lo nombraron jefe de contraespionaje de Batista. Hizo un montón de dinero con extorsión, chantaje y protección. Estaba muy bien instalado allí hasta que la gente de Castro empezó a abrirse camino. Fue uno de los primeros en relajarse. Compartía sus ganancias con uno de sus oficiales, un tipo llamado González, que viajaba por todo el Caribe con la protección de un par de pistoleros sacando el dinero de

Hammerstein fuera de Cuba; lo invertía en inmobiliarias y cosas así en nombre de otros. Sólo compraba lo mejor, pero a precios muy altos. Hammerstein podía permitírselo. Si no lo conseguía con dinero, utilizaba la fuerza, secuestraba un niño, quemaba unas cuantas hectáreas, hacía cualquier cosa que hiciera entrar en razón al propietario. Bueno, pues este hombre, Hammerstein, había oído hablar de la propiedad de los Havelock, una de las mejores de Jamaica, y encargó a González que fuera a comprarla. Me imagino que sus órdenes habían sido matar a los Havelock si se negaban a venderla y luego presionar a la hija. A propósito, tenían una hija; ahora debe de tener veinticinco años. Nunca la he visto. En fin, esto es lo que ocurrió. Asesinaron a los Havelock. Después, hace dos semanas, Batista echó a Hammerstein. Quizás se enteró de alguno de estos casos. No sé. De todas formas, Hammerstein se ha quitado de en medio y se ha llevado con él a esos tres tipos. Yo diría que calculó muy bien las cosas. Al parecer, Castro podría llegar este invierno si sigue presionando.

—¿Adónde se han ido? —preguntó Bond en voz baja.

—A América. Justo al norte de Vermont. Junto a la frontera con Canadá, ese tipo de gente siempre está cerca de las fronteras, en un lugar llamado Echo Lake. Han alquilado una especie de rancho de un millonario. Por las fotografías parece bonito, escondido entre las montañas, con un pequeño lago. Ha elegido un lugar donde nadie irá a molestarle.

—¿Cómo ha logrado enterarse, señor?

—Envié un informe del caso a Edgar Hoover*. Tal como me imaginaba, conocía al tipo. Ha tenido muchos problemas con el tráfico de armas de Miami hacia Castro. Y ha estado interesado en La Habana desde que el dinero de los grandes gánsteres americanos empezó a llegar a los casinos de allí. Dijo que Hammerstein y su gente habían llegado a Estados Unidos con visados de seis meses para turistas. Ha sido de gran utilidad. Quiere saber si tengo suficiente información para abrir un caso, si quiero que extraditen a esos tipos para que sean juzgados en Jamaica. He estado hablando con el fiscal general y opina que no hay ninguna posibilidad, a menos que consiga testigos en La Habana. Y eso es imposible. Nos hemos enterado a través del Servicio Secreto de Castro. Los cubanos no están dispuestos a mover un dedo de forma oficial. Después Hoover se ofreció para revocar sus visados y echarlos. Le di las gracias, pero le dije que no. Y lo hemos dejado así.

M se quedó sentado en silencio durante un momento. Su pipa se había apagado y la volvió a encender. Después continuó:

—Decidí mantener una conversación con nuestros amigos, la Policía Montada. Llamé al comisario por radio. Nunca me ha fallado. Desvió uno de sus aviones patrulla sobre la frontera y sacó fotografías aéreas del lugar, Echo Lake. Me dijo que si quería cualquier tipo de ayuda, me la proporcionaría inmediatamente.

* Director del FBI. (N. de la T.)

M volvió a girar la silla lentamente, colocándola frente a la mesa.

—Tengo que decidir lo que voy a hacer —dijo.

Bond entendía ahora por qué estaba preocupado M, por qué quería que alguien más tomara esa decisión. Porque eran amigos suyos, porque había un factor personal en el caso. M había llevado el caso solo. Y ahora había llegado a un punto en que debía hacerse justicia y pedir cuentas a esa gente. Pero M pensaba: «¿Se trata de justicia o de venganza?». Ningún juez llevaría un caso de asesinato en el que hubiera conocido personalmente al asesino. M quería que otra persona, Bond, dictara sentencia. Bond no tenía ninguna duda. No había conocido a los Havelock, ni le importaba quiénes eran. Hammerstein había empleado la ley de la selva sobre dos ancianos indefensos. Puesto que no existía ninguna otra ley, la ley de la selva debía recaer también sobre Hammerstein. De ninguna otra forma podría hacerse justicia. Si eso era venganza, era la venganza de la comunidad.

—No lo dudaría un segundo, señor —dijo Bond—. Si unos pistoleros extranjeros se creen con derecho a hacer este tipo de cosas, pensarán que los ingleses son tan blandos como todo el mundo cree. Éste es un caso de estricta justicia, ojo por ojo.

M siguió contemplando a Bond. No le alentó, ni tampoco hizo ningún comentario.

Bond exclamó:

—No se puede colgar a esa gente, señor. Pero deben morir.

Los ojos de M dejaron de mirar a Bond. Durante un instante, sus ojos se quedaron sin expresión, como absortos. Después alargó la mano hacia el cajón situado a la izquierda de la parte superior de la mesa, lo abrió y sacó una carpeta delgada sin el nombre habitual escrito encima, ni la estrella roja de alto secreto. Colocó la carpeta en ángulo recto delante de él y volvió a introducir la mano en el cajón abierto. Sacó un sello de caucho y un tampón de tinta roja. Abrió el tampón, mojó el sello y después, alineándolo cuidadosamente con la esquina superior derecha de la carpeta, lo estampó en la tapa gris.

M volvió a colocar el sello y el tampón de tinta en el cajón y lo cerró. Giró la carpeta y la empujó suavemente por encima de la mesa hacia Bond.

En las letras de imprenta rojas todavía húmedas se podía leer: sólo para tus ojos.

Bond no dijo nada. Saludó con la cabeza, cogió la carpeta y salió de la habitación.

Dos días después, Bond tomó el Friday Comet con destino a Montreal. No le gustaba mucho. Volaba demasiado alto y a gran velocidad, y llevaba demasiados pasajeros. Echó de menos los tiempos del antiguo Stratocruiser, aquel pesado y fantástico avión que tardaba diez horas en cruzar el Atlántico. Entonces se podía cenar en paz y dormir siete horas en una cómoda litera, y despertarse a tiempo para bajar a la cubierta inferior y tomar aquel ridículo desayuno «casa de campo» de la BOAC mientras amanecía y la cabina se iluminaba con las primeras luces doradas del hemisferio occidental. Ahora todo iba demasiado deprisa. Las azafatas tenían que servir todo el doble de rápido, y apenas podía echar una cabezada de dos horas antes de empezar el largo descenso de mil quinientos metros desde una altitud de trece mil metros.

Ocho horas después de salir de Londres, Bond conducía un Plymouth automático de Hertz por la ancha autopista 17 que iba de Montreal a Ottawa, intentando acordarse de circular por la parte derecha de la calzada.

La jefatura de la Real Policía Montada de Canadá tenía su sede en el Departamento de Justicia, junto al edificio del Parlamento de Ottawa. Como la mayoría de los edificios públicos de Canadá, el Departamento de Justicia es un bloque macizo de cemento gris, construido tanto para dar un aspecto de importancia, como para resistir los largos y crudos inviernos. Bond tenía que preguntar por el comisario en la recepción, identificándose como «señor James». Eso fue lo que hizo, y un joven y recién afeitado cabo, con aspecto de no estar muy a gusto allí encerrado en un día tan espléndido, le acompañó en el ascensor hasta la tercera planta, y le llevó hasta un sargento en un amplio y ordenado despacho amueblado con recargados muebles, en el que trabajaban dos secretarias. El sargento habló por un interfono y le dijo que esperara diez minutos, durante los que Bond estuvo fumando y leyendo un folleto sobre reclutamiento, en el que se describía a los «Montados» como una mezcla entre un rancho para turistas, Dick Tracy y Rose Marie. Después de ser introducido en otro despacho, un joven alto, vestido con un traje azul oscuro, camisa blanca y corbata negra, se alejó de la ventana y se acercó a él.

—¿Señor James? —preguntó, sonriendo ligeramente—. Soy el coronel, digamos… Johns.

Se estrecharon las manos.

—Pase y siéntese. El comisario lamenta no poder estar aquí para recibirle. Ha pillado un resfriado, ya sabe, uno de esos diplomáticos.

El coronel Johns parecía divertido.

—Decidió tomarse el día libre. Soy uno de sus ayudantes. He estado en una o dos cacerías y el comisario me ha pedido que me haga cargo de sus pequeñas vacaciones. —El coronel hizo una pausa—. Yo solo. ¿Está claro?

Bond sonrió. El comisario estaba contento de poder cooperar, pero iba a tratar el asunto con guante blanco. No debía volver a esta oficina. Bond pensó que debía andarse con cuidado y actuar con sensatez.

—Comprendo perfectamente —dijo—. Mis amigos de Londres no querían molestar personalmente al comisario con este asunto. Yo no he visto al comisario ni he estado cerca de esta jefatura. Y ahora, ¿podríamos hablar claro usted y yo aunque sólo sean diez minutos?

El coronel Johns soltó una carcajada.

—Claro. Me ordenaron que hiciera este pequeño discurso y luego que fuera al grano. Entenderá, comandante, que usted y yo estamos a punto de cometer algunos delitos, empezando por la obtención de una licencia canadiense de caza con procedimientos fraudulentos y de ser cómplices en la violación de las leyes sobre fronteras, y de otros asuntos más graves. A nadie le apetece recibir un rebote de esa gente. ¿Me sigue?

—Eso mismo piensan mis amigos. Cuando me vaya de aquí, olvidaremos que nos hemos conocido, y si termino mis días en Sing Sing, es cosa mía. ¿De acuerdo?

El coronel Johns abrió un cajón de la mesa, sacó una abultada carpeta y la abrió. El primer documento era una lista. Hizo una marca con lápiz en el primer punto y miró hacia Bond. Observó detenidamente el anticuado traje de lana de pata de gallo blanco y negro, su camisa blanca y su estrecha corbata negra, y dijo:

—Ropa.

Cogió una hoja de papel de la carpeta y la empujó por encima de la mesa.

—Aquí tiene una lista de lo que calculo que va a necesitar y la dirección de unos grandes almacenes de ropa de segunda mano de la ciudad. Nada elegante, nada sospechoso, camisa caqui, vaqueros marrón oscuro, unas buenas botas o zapatos de montaña. Ropa cómoda. Y aquí tiene la dirección de una droguería para conseguir nogalina. Compre cinco litros y dese un baño con el líquido. En este momento hay muchos negros en las colinas y no querrá usted llevar una tela de paracaidista o cualquier cosa que huela a camuflaje, ¿verdad? Si le cogen, dirá que es un inglés que está de caza por Canadá, que se ha perdido y que ha cruzado la frontera por error. Rifle. Yo mismo bajé y lo metí en el maletero de su

71

Plymouth, mientras esperaba. Uno de los nuevos Savage 99F, Weatherby de alcance 6 por 62, de cinco balas de repetición con veinte disparos de alta velocidad. El rifle de caza mayor de palanca más ligero del mercado. Sólo tres kilos y medio. Es de un amigo mío. Le gustaría que se lo devolviera algún día, pero no lo echará de menos si no vuelve. Está comprobado y funciona bien hasta quinientos. La licencia de armas.

El coronel Johns se la entregó:

—Expedida aquí en la ciudad, con su nombre real para que coincida con su pasaporte. También licencia de caza, pero sólo para caza menor, alimañas, puesto que todavía no estamos en la temporada del ciervo, y también permiso de conducir para sustituir el provisional que le esperaba en la oficina de Hertz. En el maletero de su coche hay mochila y brújula usadas. ¡Ah!, por cierto —el coronel Johns levantó los ojos de la lista—, ¿lleva usted pistola?

—Sí. Una Walther PPK con cubierta Burns Martin.

—Muy bien, dígame el número. Tengo un permiso en blanco; si se vuelve contra mí, no hay problema, puedo inventarme un cuento.

Bond sacó su pistola y leyó el número en voz alta. El coronel Johns lo anotó en el impreso y se lo dio.

—Y ahora, los mapas. Aquí tiene un mapa local Esso que le servirá para llegar hasta la zona.

El coronel Johns se levantó y, dirigiéndose hacia Bond con el mapa, lo desplegó.

—Tiene que tomar la autopista 17 de vuelta hacia Montreal y luego coger la 37 que pasa sobre el puente en St. Anne y sobre el río otra vez hacia la 7. Siga la 7 que baja hacia Pike River. Tome la 52 en Stanbridge, gire a la derecha en Stanbridge con dirección a Frelighsburg y deje el coche allí en un garaje. Las carreteras son buenas. No tardará más de cinco horas en hacer el viaje, incluyendo las paradas. ¿De acuerdo? Ha de quedarle muy claro. Asegúrese de que llega a Frelighsburg sobre las tres de la mañana. El guarda del garaje estará dormido y podrá sacar el equipo del maletero sin que se dé cuenta, aunque fuera un chino con dos cabezas.

El coronel Johns se echó hacia atrás en la silla y sacó dos hojas más de la carpeta. La primera era un dibujo a lápiz de un mapa, y el otro un trozo de una fotografía aérea. Mirando gravemente a Bond, le dijo:

—Estos son los únicos objetos comprometedores que va a llevar y debo confiar en que se deshará de ellos en cuanto los haya utilizado, o inmediatamente si está usted en apuros. Esto —empujó el papel hacia él— es un croquis aproximado de una antigua ruta de contrabandistas de los días de la Prohibición. Ya no se utiliza, o en otro caso no se lo recomendaría.

El coronel Johns sonrió mordaz y prosiguió:

—Quizás se encuentre con algún cliente que va en sentido contrario, y que le podría disparar sin preguntar nada, algo así como ladrones, traficantes de drogas, trata de blancas, aunque hoy día la mayoría de ellos van por Viscount. Esta carretera la utilizaban los contrabandistas entre Franklin, justo encima de la Derby Line, y Frelighsburg. Tiene que seguir este camino que discurre al pie de las montañas y tomar el desvío de Franklin que se adentra en las Green Mountains. Esa zona está llena de abetos y pinos de Vermont, además de unos cuantos arces, y podría caminar por ahí durante meses sin ver ni un alma. Cruzará la región por aquí, por un par de caminos al oeste de las cataratas de Enosburg. Llegará a una gran cordillera y puede bajar por cualquier valle. Esta cruz señala Echo Lake, y a juzgar por las fotografías, yo bajaría por el este. ¿De acuerdo?

—¿A qué distancia está? ¿A quince kilómetros?

—A dieciocho. Tardará unas tres horas desde Frelighsburg si no se pierde, o sea que podrá estar ahí sobre las seis y tendrá una hora de luz para ayudarle en el último tramo.

El coronel Johns empujó el cuadrado de fotografía. Era el trozo del centro de una que Bond había visto en Londres. Mostraba una larga fila de edificios bajos de piedra. Los tejados eran de pizarra y se podían vislumbrar unas elegantes ventanas de arco y un patio cubierto. Un camino de tierra pasaba junto a la puerta principal y, en este lado, se veían garajes y lo que parecían perreras. En la parte que daba al jardín había una terraza con baldosas de piedra y arriates de flores, y detrás, dos o tres acres de cuidado césped que bajaban hasta el borde del pequeño lago. El lago parecía artificial y tenía una gran presa de piedra. Había unos cuantos muebles de jardín de hierro forjado donde el muro de la presa dividía la orilla y, a medio camino sobre el muro, un trampolín y una escalera para salir del lago. Al fondo del lago, el bosque ascendía en pendiente.

El coronel Johns sugería este lado para acercarse. En la fotografía no se veía a nadie, y en la zona de baldosas de piedra delante del patio había gran número de muebles de jardín de aluminio con aspecto caro y una mesa de centro de cristal con bebidas. Bond recordó que la fotografía grande mostraba una pista de tenis en el jardín y al otro lado de la carretera las elegantes vallas blancas de una cuadra con caballos pastando. Echo Lake tenía el aspecto de ser el lujoso retiro, bien oculto y bien alejado de los objetivos de la bomba atómica, de un millonario al que le gustaba la privacidad y que probablemente podía dedicar parte de su dinero a las cuadras y a pagar un alquiler provisional. Era un magnífico refugio para un hombre que hubiera pasado diez húmedos años dedicado a la política en el Caribe y que quisiera un descanso para recargar las baterías. El lago también le venía bien para lavarse la sangre de las manos.

El coronel Johns cerró la carpeta que ahora estaba casi vacía, rompió la lista escrita a máquina en pequeños trozos y los echó a la papelera. Los dos hombres se levantaron. El coronel Johns acompañó a Bond hasta la puerta y tendió la mano mientras le decía:

—Bueno, creo que esto es todo. Me encantaría ir con usted. Hablar de todo esto me ha recordado unos cuantos trabajillos que hice al terminar la guerra. Entonces estaba en el Ejército, bajo el mando de Monty en el Octavo Escuadrón. A la izquierda de la línea de las Ardenas. Era un paisaje parecido al que va usted a ver; la única diferencia son los árboles. Pero ya sabe cómo es el trabajo de la policía. Un montón de papeles y no meterse en líos hasta que te jubilas. Bueno, pues hasta la vista y suerte. Sin duda, lo leeré todo en los periódicos —sonrió—, pase lo que pase.

Bond le dio las gracias y le estrechó la mano. De repente, se le ocurrió una última pregunta.

—A propósito, ¿el Savage es de dos tiempos o de uno? No voy a tener oportunidad de averiguarlo y quizás no me dé tiempo a probarlo cuando esté delante del blanco.

—De uno, y es un gatillo muy fino. Quite el dedo en cuanto esté seguro de haberle dado. Y manténgase a trescientos si puede. Me imagino que esos tipos serán muy buenos. No se acerque demasiado. —Agarró el pomo de la puerta. Puso la otra mano sobre el hombro de Bond—. Nuestro comisario tiene un lema: «Nunca envíes a un hombre donde puedas mandar una bala». Recuérdelo. Hasta la vista, comandante.

Bond pasó la noche y la mayoría del día siguiente en el KO-ZEE Motor Court, en las afueras de Montreal. Pagó tres noches por adelantado. Pasó el día contemplando su equipo y poniéndose las botas de montaña que había comprado en Ottawa y que hacían un suave ruido. Compró tabletas de glucosa y un poco de jamón ahumado y pan, con el que se preparó unos emparedados. También compró un termo de aluminio y lo llenó con tres cuartas partes de bourbon y una de café. En cuanto oscureció cenó y durmió un rato, y después echó la nogalina en agua y se embadurnó con ella hasta la raíz del pelo. Salió del baño con el aspecto de un piel roja con ojos azules. Poco antes de la medianoche, abrió silenciosamente la puerta lateral del garaje, se introdujo en el Plymouth y condujo en dirección al sur, hacia Frelighsburg.

El hombre que cuidaba el garaje no estaba tan dormido como el coronel Johns le había dicho.

—¿De caza, señor?

En Norteamérica se puede decir mucho con gruñidos lacónicos como «¡huh!», «¡hun!» y «¡hi», con distintos tonos, y también «seguro», «claro», o «¿ah sí?» y «¡diantre!», y salir del paso en cualquier situación.

Bond, colgándose la correa del rifle sobre el hombro, contestó:

—Hun.

—Un tipo cazó un magnífico castor en Highgate Springs el sábado.

Bond respondió con indiferencia «¿Ah sí?», pagó dos noches y salió del garaje. Se había parado en la zona más alejada de la ciudad, y ahora sólo tenía que seguir la carretera durante unos cien metros antes de encontrarse con el polvoriento sendero que se metía hacia la derecha en los bosques. Transcurrida media hora, el sendero desapareció al llegar a una granja destruida. Un perro encadenado empezó a ladrar enloquecido, pero no había ninguna luz en la casa y Bond la rodeó y enseguida encontró el camino junto al arroyo. Tenía que seguirlo durante cinco kilómetros. Apresuró el paso para alejarse del perro. Cuando el ladrido paraba todo quedaba en silencio, en el profundo silencio aterciopelado de los bosques de una noche serena.

Era una noche cálida con una luna llena amarilla que emitía suficiente luz, a través de los frondosos abetos, como para que Bond pudiera seguir el camino sin dificultad. Bond caminaba a gusto con sus botas de suela de goma y esponjosa, y comprobó que iba bien de tiempo. Alrededor de las cuatro de la mañana, los árboles empezaron a escasear y enseguida empezó a caminar a campo través mientras contemplaba a su derecha las luces desperdigadas de Franklin. Cruzó una carretera secundaria asfaltada y llegó a un sendero más ancho que pasaba a través de los bosques, y a la derecha vio el pálido brillo de un lago. A las cinco en punto cruzó los negros ríos de las carreteras norteamericanas 108 y 120. En la última había una señal que indicaba ENOUSBURG FALLS 1 MILLA. Ya estaba en el último tramo, una pequeña pista de caza que subía en pendiente. Se paró, lejos de la carretera, y cambió de sitio el rifle y la mochila, fumó un cigarrillo y quemó el croquis del mapa.

En el cielo apareció un pálido resplandor y se oyeron suaves murmullos en el bosque, el estridente y melancólico grito de un pájaro que no conocía y los susurros de pequeños animales. Bond vio la casa a lo lejos, abajo en el pequeño valle, al otro lado de la montaña que tenía delante. Vio las ventanas sin cortinas, las arrugadas caras dormidas de los cuatro hombres, el rocío en la pradera y los círculos del temprano amanecer ensanchándose sobre la superficie metálica del lago. Y aquí, al otro lado de la montaña estaba el verdugo, acercándose entre los árboles. Bond no quiso contemplar la escena, pisó la colilla del cigarro en el suelo y siguió caminando.

¿Aquello era una colina o una montaña? ¿A partir de qué altura una colina se convierte en montaña? ¿Por qué no se fabrica nada con la corteza plateada de los abedules? Parece tan útil y valiosa. Lo mejor de América son las ardillas y el estofado de ostras. Al anochecer, en realidad no cae la oscuridad, sino que se levanta. Cuando uno se sienta en la cumbre de una montaña y contempla el sol ocultándose detrás de las montañas de enfrente, la oscuridad se levanta desde el fondo del valle. ¿Perderán los pájaros el miedo a los hombres algún día? Debían de haber pasado siglos desde la última vez que el hombre mató un pájaro en estos bosques para comer, y todavía tenían miedo. ¿Quién era ese Ethan Alien que estuvo al mando de los Chicos de la Montaña Verde de Vermont? Ahora, en los moteles americanos se anuncian los muebles Ethan Alien. ¿Por qué? ¿Acaso hacía muebles? Las botas del Ejército deberían llevar suelas de goma como éstas.

Mientras se le ocurrían estos extraños pensamientos, Bond trepaba sin parar, alejando de sí con determinación la imagen de los cuatro rostros dormidos sobre las blancas almohadas.

La cumbre redondeada apareció debajo de la hilera de árboles y Bond seguía sin poder ver el valle que estaba abajo. Descansó y eligió un roble, y luego trepó a una gruesa rama. Ahora podía verlo todo, el panorama interminable de las Green Mountains extendiéndose en todas direcciones hasta donde alcanzaba la vista, y a lo lejos, al este, el globo dorado del sol saliendo con todo su esplendor, y más abajo, a unos setecientos metros, una larga y suave pendiente de copas de árboles interrumpidas por una ancha franja de pradera, y a través de un delgado velo de niebla, el lago, las praderas de césped y la casa.

Bond se tumbó sobre la rama y contempló la pálida franja del temprano sol de la mañana extendiéndose por el valle. Tardó un cuarto de hora en llegar al lago, que en ese momento parecía inundar la brillante pradera y las mojadas tejas de pizarra de los tejados. Más tarde, la calina surgió rápidamente del lago y del campo de tiro, limpia, brillante y nueva, esperando como si fuera un escenario vacío.

Bond sacó el teleobjetivo del bolsillo y empezó a inspeccionar el panorama centímetro a centímetro. Después examinó el campo que bajaba en pendiente debajo de él y calculó la distancia. Desde el borde de la pradera, que sería el único campo de tiro libre, a menos que bajara a través de la última hilera de árboles hasta la orilla del lago, habría una distancia de unos quinientos metros hasta la terraza y el patio, y unos trescientos metros hasta el trampolín y la orilla del lago. ¿Qué haría esa gente? ¿Cuáles eran sus costumbres? ¿Se bañarían alguna vez? Todavía hacía suficiente calor. Bueno, tenía todo el día. Si transcurrido éste no hubieran bajado al lago, tendría que probar fortuna en el patio, a quinientos metros. Pero no sería buena idea, con un rifle desconocido. ¿Debería bajar directamente hacia el borde de la pradera? Era una pradera grande, quizás quinientos metros al descubierto. Tal vez sería mejor dejarla atrás antes de que se despertaran. ¿A qué hora se levantaría esa gente?

Como respondiendo a sus preguntas, una persiana blanca se alzó en una de las pequeñas ventanas situadas a la izquierda del edificio principal. Bond pudo oír claramente el chasquido final del rodillo. ¡Echo Lake! Clareo. ¿Habría eco en ambas direcciones? Tendría que tener cuidado y no romper ramas o palitos del árbol. Probablemente no. Los sonidos del valle rebotarían hacia arriba en la superficie del agua. Perro no había que pasar nada por alto.

Una fina columna de humo empezó a subir recto por el aire desde una de las chimeneas de la izquierda. Bond pensó en los huevos con bacon que pronto empezarían a freír. Comería algo, fumaría su último cigarrillo en paz y bajaría hacia el lugar desde donde iba a disparar.

El pan se quedó pegado en su garganta. La tensión iba creciendo dentro de él. En su imaginación casi podía oír el profundo estampido del Savage. Podía ver la bala negra lanzada lentamente, como una abeja volando despacio, en dirección al valle hacia un trozo de piel rosada. Al chocar producía un ligero chasquido. La piel se abría y luego se volvía a cerrar dejando un pequeño agujero con los bordes amoratados. La bala seguía, despacio, hacia el corazón que latía; los tejidos, las arterias, se separaban obedientes para dejarla entrar. ¿Quién sería ese hombre al que iba a hacerle eso? ¿Qué le había hecho a Bond?

Bond miraba pensativamente el dedo sobre el gatillo. Lo dobló, sintiendo en su imaginación la fría curva del metal. De forma casi automática, cogió el termo con la mano izquierda. Lo sujetó contra los labios y echó la cabeza hacia atrás. El café y el whisky le abrasaron la garganta. Volvió a poner el tapón en el termo y esperó a que el calor del whisky llegara a su estómago. Después se levantó despacio, se estiró, bostezó profundamente, volvió a coger el rifle y se lo colgó del hombro. Miró alrededor concienzudamente para acordarse del lugar cuando volviera a subir la colina y empezó a bajar lentamente entre los árboles.

Ya no había sendero alguno y tenía que abrirse camino despacio, mirando al suelo por si había ramas secas. Había una gran variedad de árboles. Entre los abetos y los abedules, aparecía de vez en cuando un roble, un haya o un sicómoro, y aquí y allá, el fuego rojizo de un arce adornado con su ropaje otoñal. Debajo de los árboles aparecía la maleza desperdigada de árboles más jóvenes y una gran cantidad de ramas secas arrancadas por los huracanes. Bond bajaba con cuidado, haciendo poco ruido con los pies entre las hojas y las rocas cubiertas de musgo, pero pronto el bosque se daría cuenta de su presencia y empezarían a correr las noticias. Un ciervo enorme, con dos crías como Bambi, lo vio y salieron trotando con gran alboroto. Un brillante pájaro carpintero con la cabeza escarlata levantó el vuelo delante de él, chillando cada vez que Bond lo alcanzaba; las ardillas se estiraban continuamente sobre las patas traseras, levantando sus pequeños hocicos y enseñando los dientes, mientras intentaban olerle, y después corrían hacia sus madrigueras en las rocas, con parloteos que parecían llenar los bosques de temor.

Bond deseaba que no sintieran miedo, quería decirles que el arma que llevaba no era para ellas, pero cada vez que se asustaban, se preguntaba si cuando llegara al borde de la pradera, no vería allá abajo sobre el césped un hombre con prismáticos que estaría observando los atemorizados pájaros que salían volando de la copa de los árboles.

Pero, al pararse detrás de un enorme roble y mirar hacia abajo, hacia la última hilera de árboles, al fondo de la extensa pradera, vio que el lago y la casa seguían igual. Las demás persianas estaban todavía bajadas y el único movimiento que se veía era el delgado penacho de humo.

Eran las ocho en punto. Bond echó un vistazo a los árboles, al final de la pradera, buscando uno de su agrado. De pronto lo encontró, un gran arce que refulgía pardo y carmesí. Los colores irían bien con su ropa, el tronco era lo bastante grueso y estaba ligeramente apartado del muro de abetos. Desde allí, de pie, sería capaz de ver toda la parte del lago y de la casa que necesitaba. Bond permaneció de pie durante un rato, trazando su camino hacia abajo a través de la espesa hierba y las pajitas doradas de la pradera. Tendría que hacerlo tendido boca abajo y despacio. Una ligera brisa se levantó, peinando la pradera. ¡Ojalá siguiera soplando para esconderlo!

No lejos de allí, a la izquierda de la hilera de árboles, crujió una rama. Volvió a crujir, esta vez con decisión y no se volvió a oír nada más. Bond se apoyó sobre una rodilla, aguzando los oídos, con todos los sentidos alerta. Se quedó quieto durante más de diez minutos, como una oscura sombra inmóvil contra el grueso tronco del roble.

Los animales y los pájaros no rompen palitos. Las ramas secas suponen para ellos una señal especial de peligro. Los pájaros nunca se posan en ramas que pueden romperse con su peso; incluso los animales grandes, como los ciervos con cuernos y cuatro pezuñas, se mueven silenciosamente por los bosques a menos que estén huyendo. ¿Tendría esa gente guardas vigilando? Bond descolgó lentamente el rifle del hombro y puso el pulgar sobre el seguro. Quizás, si la gente todavía estaba durmiendo, un simple tiro, allá arriba en los bosques, podría pasar por el de un simple cazador. Pero en ese momento, entre él y el lugar donde había crujido la rama, aparecieron dos ciervos galopando lentamente por la pradera hacia la izquierda. Se pararon dos veces para mirar hacia atrás, arrancando cada vez unos cuantos mordiscos de hierba, antes de seguir hacia la lejana franja de bosques más bajos. Parecían no tener miedo ni prisa. Con toda seguridad eran ellos los que habían hecho crujir la rama. Bond respiró aliviado. Menos mal. Ahora debía seguir por la pradera. Caminar quinientos metros arrastrándose por la hierba es una tarea larga y cansada. Te duelen las rodillas, las manos y los codos, y sólo puedes ver la hierba y los tallos de las flores, y el polvo y los pequeños insectos se te meten en los ojos y en la nariz y bajan por el cuello. Bond sólo pensaba en colocar las manos en el lugar adecuado y en mantener una velocidad continua, incluso rápida. La brisa seguía soplando y seguramente no se le veía desde la casa.

Desde arriba, parecía como si un animal grande, quizás un castor o una marmota, estuviera bajando por la pradera. No, no era un castor. Esos animales siempre van en pareja. Aunque quizás sí, pues ahora, desde la parte de arriba de la pradera, algo, alguien más se había metido en la hierba, y detrás de Bond, por encima de él una segunda silueta se internó en el profundo mar de hierba. Fuera lo que fuera, enseguida lograría alcanzar a Bond y los dos coincidirían en la siguiente fila de árboles.

Bond se arrastraba y se deslizaba ininterrumpidamente, parándose sólo para secarse el sudor y limpiarse el polvo del rostro, y de vez en cuando para asegurarse de que seguía el camino correcto hacia el arce. Pero cuando llegó cerca de la fila de árboles que debían ocultarlo de la casa, a unos siete metros del arce, se paró y se quedó un rato tendido en el suelo, frotándose las rodillas y relajando las muñecas para hacer el último tramo. No oyó nada que pudiera alertarle, y cuando el suave y amenazador susurro llegó hasta él, desde una distancia de unos cuantos metros en la densa hierba a su izquierda, giró la cabeza de forma tan brusca que las vértebras de su cuello crujieron.

—Si te mueves un solo centímetro, te mataré. Era una voz femenina, pero tan furiosa que parecía que iba a cumplir lo que había dicho.

Bond, con el corazón latiendo con fuerza, vio el asta de la flecha de acero cuya punta azul triangular separaba los tallos de hierba a medio metro de su cabeza.

El arco estaba inclinado hacia un lado, plano sobre la hierba. Los nudillos de los oscuros dedos que sujetaban el borde del arco por debajo de la punta de la flecha eran blancos. Seguía una alargada asta de metal brillante y, detrás de las plumas de metal, parcialmente ocultas por los ondulantes tallos de hierba, aparecieron unos labios apretados en un gesto torvo, debajo de dos iracundos ojos azules que destacaban sobre una piel bronceada y empapada de sudor. Eso era todo lo que Bond podía ver a través de la hierba. ¿Quién diantres era? ¿Uno de los guardas? Bond tragó saliva con la boca reseca y empezó a mover lentamente su mano derecha, la mano que estaba oculta, llevándola hacia la zona de la cintura y la pistola. Le preguntó en voz baja:

—¿Quién demonios eres?

La punta de la flecha hizo un movimiento intimidatorio.

—Deja quieta esa mano, o te atravieso el hombro. ¿Eres uno de los guardas?

—No. ¿Y tú?

—No digas tonterías. ¿Qué estás haciendo aquí?

La tensión de su voz había disminuido, aunque todavía era áspera, desconfiada. Tenía un ligero acento, ¿de Escocia?, ¿de Gales?

Había llegado el momento de hablar en términos de igualdad. Había algo especialmente agobiante en la punta azul de la flecha. Bond dijo con calma:

—Deja el arco y la flecha, Robina. Después hablaremos.

—¿Juras que no cogerás la pistola?

—De acuerdo. Pero, ¡por el amor de Dios, salgamos de aquí en medio!

Sin esperar, Bond levantó las manos y las rodillas y empezó a arrastrarse otra vez. Debía llevar la iniciativa y mantenerla. Fuera quien fuera esa maldita chica, tendría que deshacerse de ella de forma rápida y discreta antes de que empezaran los tiros. Cielos, ¡como si no tuviera ya bastantes problemas!

Bond llegó hasta el tronco del árbol. Se puso de pie, con cuidado, y echó un rápido vistazo a través de las resplandecientes hojas. La mayoría de las persianas estaban ya levantadas. Dos doncellas vestidas con trajes de color se movían lentamente mientras preparaban una gran mesa de desayuno en el patio. Tenía razón. El campo de visión, por encima de las copas de los árboles que ahora descendían bruscamente hacia el lago, era perfecto. Bond descolgó el rifle y la mochila de sus hombros y se sentó apoyando la espalda contra el tronco del árbol. La muchacha salió del borde de la pradera y se quedó de pie debajo del arce. Se mantuvo a cierta distancia. Todavía llevaba la flecha en el arco, pero éste no estaba tensado. Se miraron el uno al otro con cautela.

La joven parecía una hermosa y descuidada dríada con camisa y pantalones andrajosos. La camisa y los pantalones eran verde oscuro, y estaban arrugados y salpicados de barro, con manchas y hechos jirones, y llevaba el pelo rubio claro recogido con un pasador dorado para ocultar su brillo mientras se arrastraba por la pradera. Su rostro tenía la belleza salvaje de los animales, con una gran boca sensual, pómulos elevados y ojos arrogantes de color gris acerado. Tenía rasguños con sangre en sus brazos y en una mejilla, en la que también tenía un oscuro cardenal. Las plumas metálicas de un carcaj lleno de flechas sobresalían por encima de su hombro izquierdo. Aparte del arco, sólo llevaba un cuchillo de caza en el cinturón y, en la otra cadera, una pequeña bolsa de lona marrón que probablemente contenía comida. Tenía el aspecto de una persona bella y peligrosa que conocía la salvaje región y los bosques y que no sentía miedo. Podría caminar sola por la vida sin apenas necesitar la civilización.

Bond pensó que era preciosa. Le sonrió y le dijo en voz baja, de forma tranquilizadora:

—Me imagino que serás Robina Hood. Mi nombre es James Bond. —Después cogió el termo, desenroscó el tapón y se lo dio—. Siéntate y toma un poco de esto, aguardiente con café. Y también tengo un poco de cecina. ¿O sólo te alimentas de rocío y bayas silvestres?

La joven se acercó un poco y se sentó a una distancia de un metro. Estaba sentada como los pieles rojas, con las rodillas separadas y los tobillos escondidos debajo de los muslos. Cogió el termo y bebió un buen rato echando la cabeza hacia atrás; después se lo devolvió sin decir nada. Sin sonreír, le dijo «Gracias», a regañadientes, y cogiendo la flecha la empujó hacia su espalda para colocarla junto a las demás en el carcaj. Mientras le observaba de cerca, exclamó:

—Supongo que eres un cazador furtivo. La temporada de caza del ciervo no se abrirá hasta dentro de tres semanas. Pero no vas a encontrar ningún ciervo por aquí. Sólo bajan de noche. Durante el día tienes que subir más arriba, mucho más. Si quieres, te puedo decir dónde hay algunos. Una manada bastante grande. Es un poco tarde ya, pero todavía podrías alcanzarlos. Están contra el viento y parece que sabes cazar al acecho. No debes hacer ruido.

—¿Es eso lo que estás haciendo aquí, cazar? Enséñame tu permiso.

Su camisa tenía dos bolsillos delanteros con botones. Sin protestar, sacó un papel blanco de uno de ellos y se lo entregó.

El permiso había sido expedido en Bennington, Vermont. Estaba a nombre de Judy Havelock. Había una lista de diferentes clases de permisos; habían marcado las casillas de «Caza para no residentes» y «Arco y flecha para no residentes». Había tenido que pagar 18,50 dólares al Departamento de Pesca y Caza de Montpellier (Vermont). Judy Havelock había escrito veinticinco años en la casilla que indicaba la edad y en el lugar de nacimiento ponía Jamaica.

Bond pensó: «¡Dios bendito!». Le devolvió el papel. ¡O sea que era esto! Exclamó con simpatía y respeto:

—Eres una niña, Judy. Es un viaje muy largo desde Jamaica. Y querías capturarlo con un arco y una flecha. ¿Sabes lo que dicen en China?: «Antes de salir a vengarte, cava dos tumbas». ¿Ya lo has hecho, o esperas hacerlo?

La muchacha lo miraba.

—¿Quién eres? ¿Qué estás haciendo aquí? ¿Qué sabes tú de eso?

Bond se quedó pensativo. Sólo había una manera de salir de ese lío y era unirse a la joven. ¡Demonio de trabajo! Exclamó con resignación:

—Ya te he dicho cómo me llamo. Me han enviado desde Londres los de… Scotland Yard. Estoy informado de todo y he venido para ajustar las cuentas a esa gente y para que no te molesten. En Londres creemos que el hombre que está en esa casa podría empezar a presionarte sobre tu propiedad, y no hay otra manera de impedírselo.

La joven exclamó con amargura:

—Tenía un poney favorito, un Palomino. Hace tres semanas lo envenenaron. Luego mataron a tiros a mi pastor alemán. Lo había criado desde que era cachorro. Después recibí una carta, que decía: «La muerte tiene muchas manos. Una de ellas está levantada encima de ti». Estuve a punto de poner un anuncio en el periódico, en la columna de anuncios personales, un día concreto. Sólo pondría: «Obedeceré. Judy». Fui a la policía y todo lo que hicieron fue ofrecerme protección. Pensaban que era gente de Cuba. No podían hacer nada más. Por eso fui a Cuba, me alojé en el mejor hotel y aposté fuerte en los casinos.

Hizo una pausa y sonrió ligeramente.

—No iba vestida así. Llevaba mis mejores vestidos, y las joyas de la familia. Y la gente me alababa. Les gustaba. Tenía que gustarles. Y durante todo ese tiempo yo hacía preguntas. Fingía que me

gustaba conocer ese submundo y los auténticos gánsteres, y todo eso. Y al final, hice indagaciones sobre ese tipo.

Hizo un movimiento señalando hacia la casa.

—Se había ido de Cuba —prosiguió—. Batista
se había enterado de quién era o algo así; tenía un
montón de enemigos. Me contaron muchas cosas
sobre él; al final conocí a un hombre, una especie de
policía de alto nivel, que me lo contó todo, después
de que... —dudó, evitando la mirada de Bond—,
después de pagarle.

Hizo una nueva pausa y continuó:

—Me fui y vine a América. Había leído en algún sitio cosas sobre Pinkerton, los detectives. Me
dirigí a ellos y les pagué para que averiguaran dónde vivía ese tipo.

Volvió hacia arriba las palmas de las manos y las
puso en su regazo. Lo miró desafiante.

—Eso es todo —concluyó.

—¿Cómo llegaste hasta aquí?

—Volé hasta Bennington, Y luego caminé durante cuatro días. Subí a través de las Green Mountains, manteniéndome alejada de la gente. Estoy
acostumbrada a esto. Nuestra casa está en las montañas de Jamaica; son peores que éstas. Y además
hay más gente por ahí, campesinos. Aquí nadie ca-
mina, todos van en coche.

—¿Y qué pensabas hacer después?

—Voy a disparar a Von Hammerstein y regresar a Bennington.

Su voz tenía un tono normal, como si estuviese
hablando de recoger flores silvestres.

Desde el fondo del valle llegó el sonido de voces. Bond se levantó y echó un vistazo a través de las ramas. Tres hombres y dos chicas habían salido al patio. Se oían risas y charlas mientras retiraban las sillas y se sentaban a la mesa. En la cabecera de la mesa, entre las dos chicas, había un sitio libre. Bond tomó el visor telescópico y miró. Los tres hombres eran morenos y de baja estatura. Uno de ellos, el que sonreía todo el rato y cuya ropa era la más limpia y elegante, podría ser González. Los otros dos tenían pinta de campesinos. Estaban juntos sentados en la otra punta de la mesa ovalada y parecían no tomar parte en la charla. Las chicas eran morenas. Parecían fulanas cubanas baratas. Llevaban bañadores brillantes y muchas joyas de oro, y reían y parloteaban como monos. Sus voces eran muy claras y audibles, pero hablaban en español.

Bond notó la presencia de la joven junto a él. Se mantenía a un metro por detrás. Le dio el visor.

—El hombre bajito, el que va mejor vestido, es el comandante González. Los otros dos que están sentados al final de la mesa son pistoleros. Las chicas no sé quiénes son. Von Hammerstein todavía no ha aparecido.

La joven echó una rápida ojeada a través del visor y se lo devolvió sin hacer ningún comentario. Bond se preguntó si se daría cuenta de que había estado contemplando a los asesinos de sus padres.

Las dos chicas se volvieron y miraron hacia la puerta de la casa. Una de ellas dijo algo que podría haber sido un saludo. Un hombre de pequeña estatura, constitución fuerte y casi desnudo salió al sol.

Caminó en silencio alejándose de la mesa hasta llegar al borde de la terraza y empezó a hacer una serie de ejercicios de gimnasia.

Bond examinó al hombre concienzudamente. Medía aproximadamente un metro setenta y cinco de estatura y sus hombros y caderas eran de boxeador, aunque la barriga era excesiva. Un vello negro cubría su pecho y sus hombros, y los brazos y piernas también presentaban pelo. En cambio, no tenía un solo pelo en la cabeza ni en la cara, y su cráneo mostraba un aspecto brillante y amarillento. Tenía una profunda grieta en la espalda que podía haber sido causada por una herida o por la cicatriz de una operación. La estructura ósea de su rostro era la del típico oficial alemán, cuadrada, dura y echada hacia delante, pero los ojos bajo las despobladas cejas estaban juntos y le daban un aspecto porcino, y tenía una boca grande con horribles labios rojos, gruesos y húmedos. Sólo llevaba puesta una banda de tela negra, apenas más ancha que un cinturón de atletismo, alrededor de la barriga, y un gran reloj de oro con pulsera también dorada. Von Hammerstein tenía un aspecto tan horrible como el que indicaba el informe de M.

Bond observó el rostro de la joven. El gesto de su boca era duro, casi despiadado, mientras contemplaba al hombre que había venido a matar. ¿Qué iba hacer con ella? Su presencia allí le causaba un montón de problemas. Incluso podía obstaculizar sus propios planes e insistir en montar alguna escena ridícula con su arco y sus flechas. Bond tomó una decisión. No podía permitir que ocurriera eso. Le daría un golpe seco en la base del cráneo y la amordazaría y la ataría hasta que todo hubiera pasado. Bond deslizó la mano lentamente hacia la culata de su automática.

Sin inmutarse, la joven dio unos cuantos pasos hacia atrás. Y con la misma tranquilidad se inclinó, dejó el visor en el suelo y cogió su arco. Echó la mano a la espalda en busca de una flecha y la colocó en el arco. Después miró a Bond y le dijo en voz baja:

—No se te ocurra hacer nada. Y mantente alejado. Tengo lo que llaman una visión de gran angular. No he venido hasta aquí para que un policía inglés pies planos me golpee la cabeza. No puedo errar el tiro a cincuenta metros, y he matado pájaros volando a cien metros. No quiero atravesarte una pierna con una flecha, pero lo haré si me estorbas.

Bond maldijo su indecisión y exclamó indignado:

—¡No seas estúpida! Deja ese maldito arco. Ésta es tarea de hombres. ¿Cómo demonios piensas que vas a poder enfrentarte a cuatro hombres con un arco y unas cuantas flechas?

Los ojos de la joven brillaban con obstinación. Colocó el pie derecho en posición de disparar y le dijo a través de sus labios, furiosos y apretados:

—Vete al infierno. Y no te metas en esto. Eran mis padres los que fueron asesinados y no los tuyos. Llevo aquí un día y una noche. Sé lo que hacen y sé cómo llegar hasta Hammerstein. Los demás no me importan. No son nada sin él. Vamos allá.

Tensó el arco. La flecha apuntaba a los pies de Bond.

—O haces lo que te digo, o lo lamentarás. Y no crees que no soy capaz de hacerlo. Es un asunto privado. He jurado hacerlo y nadie me lo va a impedir. —Movió la cabeza de forma autoritaria—. ¿Y bien?

Bond, pesimista, examinó la situación. Miró de arriba abajo a la bella salvaje. Era una buena pieza inglesa aderezada con la pimienta picante de una infancia tropical. Una mezcla peligrosa. Parecía excitada y en un estado de histeria controlada. Estaba completamente seguro de que no le importaba nada acabar con él. Y no tenía con qué defenderse. Su arma era silenciosa; por el contrario, la de él alertaría a todos. Tendría que encargarle parte del trabajo y él haría lo demás.

—Escúchame, Judy —le dijo con calma—. Si insistes en tomar parte en esto, es mejor que lo hagamos juntos. Quizás podamos llevarlo a cabo y salir con vida. Estas cosas forman parte de mi profesión. Me han ordenado que lo haga, un amigo íntimo de tu familia, si quieres saber quién ha sido. Y tengo el arma adecuada. Como mínimo, tiene cinco veces más alcance que la tuya. Tengo una excelente oportunidad de matarle ahora, en el patio. Pero no es el momento. Algunos llevan puesto el traje de baño. Bajarán al lago. Entonces lo haré. Tú puedes cubrirme. —Y terminó, de forma poco convincente—: Sería una enorme ayuda.

—No. —La joven movió la cabeza con decisión—. Lo siento. Puedes proporcionar todo el fuego de apoyo que quieras. No me importa quién lo haga. Tienes razón en lo del lago. Ayer bajaron todos sobre las once. Hoy hace un día igual de calurosos y volverán a bajar. Le apuntaré desde el borde de los árboles cerca del lago. Ayer noche encontré un lugar perfecto. Los guardaespaldas llevan pistolas, una especie de ametralladora. No se bañan. Se sientan cerca y montan guardia. Sé cuándo tengo que disparar a Von Hammerstein y me alejaré del lago antes de que se den cuenta de lo que ha pasado. Te digo que lo tengo todo planeado. Ahora vamos. No puedo quedarme aquí más tiempo. Ya debería estar en mi sitio. Lo siento, pero no tienes más remedio que decir que sí, no tienes alternativa.

Levantó el arco unos cuantos centímetros.

Bond pensó: «¡Maldita chica!», y le contestó indignado:

—Muy bien. Pero te advierto que, si salimos de ésta, te voy a dar tal paliza que no vas a poder sentarte en una semana. —Se encogió de hombros y dijo con resignación—: Adelante. Yo me ocuparé de los demás. Si consigues escapar, nos encontraremos aquí. Si no, bajaré y recogeré los pedazos.

La joven destensó el arco y le respondió con indiferencia:

—Me alegro de que entres en razón. Estas flechas son difíciles de sacar. No te preocupes por mí. Pero procura que no te vean y que el sol no caiga sobre el visor.

Le dedicó la sonrisa breve, compasiva y autosuficiente de la mujer que ha dicho la última palabra. Después se dio la vuelta y se alejó bajando a través de los árboles.

Bond contempló la ágil figura verde oscuro hasta que desapareció entre los troncos, y después cogió el visor con impaciencia y volvió al lugar desde el cual dominaba el valle. ¡Al infierno! Ya era hora de olvidarse de ella y de concentrarse en su trabajo. ¿Qué más podía hacer, de qué otra manera podía tratar aquella situación? Ahora se había comprometido a esperar a que ella disparase el primer tiro. No le gustaba. Pero si él disparaba primero, no habría modo alguno de saber lo que haría esa impulsiva bruja. La mente de Bond se regodeó un instante pensando en lo que le iba a hacer en cuanto todo hubiera pasado. Después vio cierto movimiento delante de la casa, dejó a un lado los excitantes pensamientos y levantó el visor.

Las doncellas estaban retirando el desayuno. No había ningún rastro de las chicas ni de los pistoleros. Von Hammerstein estaba fuera, tumbado en una hamaca entre almohadones, leyendo un periódico; a ratos hablaba con el comandante González, que estaba sentado a horcajadas sobre una silla de jardín de hierro forjado, a sus pies. González fumaba un puro y de vez en cuando se llevaba suavemente una mano a la boca, se inclinaba hacia un lado y escupía un trozo de hoja al suelo. Bond no podía oír lo que Von Hammerstein le decía, pero hablaba en inglés y González le respondía también en inglés.

Bond echó un vistazo al reloj. Eran las diez y media. Puesto que la escena parecía tranquila, Bond se sentó, con la espalda apoyada en el tronco, y se inclinó sobre el Savage con gran cuidado, pensando en lo que iba a hacer inmediatamente con él.

A Bond no le gustaba lo que iba a llevar a cabo, y durante todo el viaje desde Inglaterra estuvo intentando convencerse a sí mismo del tipo de hombres que eran. El asesinato de los Havelock había sido algo horrible. Von Hammerstein y sus pistoleros eran unos hombres especialmente malvados y probablemente mucha gente de todo el mundo se alegraría de que los mataran, como intentaba hacer ahora aquella muchacha, sin que se tratara de una venganza personal. Pero el caso de Bond era diferente. Él no tenía ningún motivo personal contra ellos. Simplemente, era su trabajo, igual que el del exterminador de ratas. El era el verdugo público nombrado por M, que representaba a la comunidad. En cierto modo, pensaba Bond para sus adentros, esos hombres eran enemigos de su país, igual que lo eran los agentes de SMERSH o cualquier otro enemigo del Servicio Secreto. Habían declarado y emprendido una guerra contra gente británica en territorio británico y en ese momento estaban planeando otro ataque. La mente de Bond intentaba encontrar más argumentos que apoyaran su decisión. Habían matado al poney de la chica y también a su perro de dos simples manotazos, como si fueran moscas. Habían...

El ruido de un disparo de arma automática en el valle hizo que Bond se levantara. Al sonar el segundo disparo, ya había levantado el rifle y lo mantenía apuntando. Después del estrépito, se oyeron risas y aplausos. Un martín pescador, con plumas azules y grises hechas jirones, cayó sobre el césped con un ruido sordo mientras seguía aleteando. Von Hammerstein, con el humo saliendo todavía de su metralleta, avanzó unos cuantos pasos y con el talón de su pie descalzo lo pisó girándolo bruscamente. Después lo levantó y se lo limpió en la hierba, junto al montón de plumas. Los demás, de pie a su alrededor, reían y aplaudían complacientes. Los labios rojos de Von Hammerstein se torcieron en un gesto de placer. Dijo algo que incluía la palabra «destrozado». Entregó el arma a uno de los pistoleros y se limpió las manos en sus gruesos costados. Dio una brusca orden a las chicas, que se metieron rápidamente en la casa, y después, mientras los demás lo seguían, se dio la vuelta y bajó sin prisa la pendiente de hierba hacia el lago. Las chicas salieron corriendo de la casa, cada una de ellas con una botella de champán. Brincaban detrás de los hombres mientras charlaban y reían.

Bond se preparó. Colocó el visor telescópico en el cañón del Savage y se puso junto al tronco del árbol. Encontró un bulto en el tronco y apoyó en él la mano izquierda, puso el visor en 300 y apuntó hacia el grupo de gente en el lago. Después, sujetando el rifle sin apretar, se apoyó contra el tronco y contempló la escena.

Iban a hacer una especie de concurso de tiro entre los dos pistoleros. Cargaron las pistolas con cartuchos nuevos y, a una orden de González, se colocaron junto al muro de piedra de la presa, cada uno de ellos a unos siete metros de distancia del trampolín. Estaban de espaldas al lago y con las armas preparadas.

Von Hammerstein se colocó al borde de la hierba, sujetando una botella de champán en cada mano. Detrás estaban las chicas, con las manos en los oídos. Charloteaban excitadas en español y se reían, pero los pistoleros no participaban. A través del visor telescópico podía ver sus rostros tensos.

Von Hammerstein gritó una orden y se quedaron en silencio. Balanceó los brazos hacia atrás y contó «Uno… Dos… Tres». Al decir «tres» lanzó las botellas de champán al aire, sobre el lago.

Los dos hombres se volvieron como si fueran marionetas, con las pistolas en las caderas. Mientras terminaban de darse la vuelta dispararon. El estampido de los disparos rompió la bucólica escena y alborotó la superficie del agua. Los pájaros salieron volando de los árboles gritando y algunas ramas de los árboles arrancadas por las balas repiquetearon sobre el lago. La botella de la izquierda se desintegró pulverizada, y la de la derecha, golpeada sólo por una bala, se rompió en dos una fracción de segundo después. Los trozos de cristal cayeron ruidosamente al agua en el centro del lago. Había ganado el pistolero de la izquierda. Las nubes de humo que había sobre los dos se juntaron y se alejaron sobre el césped. El estampido de los ecos se desvaneció en el silencio.

Los dos pistoleros caminaron junto al muro hacia la hierba; el que iba atrás parecía enfadado, y el primero tenía un gesto malicioso en la cara. Von Hammerstein ordenó a las dos chicas que se acercaran. Éstas obedecieron a disgusto, arrastrando los pies y poniendo mala cara. Von Hammerstein dijo algo e hizo una pregunta al ganador. El hombre hizo un gesto a la chica que estaba a la izquierda. Ella le miró con gesto malhumorado. González y Hammerstein rieron. Hammerstein alargó la mano y le dio una palmada a la chica en el trasero, como si fuera una vaca. Dijo algo, y Bond pudo distinguir las palabras «una noche». La chica lo miró y asintió sumisa. El grupo se separó. La chica que parecía ser el premio corrió y se metió en el lago, quizás para escaparse del hombre que había ganado sus favores, y la otra chica la siguió. Empezaron a nadar en el lago, gritándose la una a la otra con enfado.

El comandante González se quitó la chaqueta, la extendió sobre la hierba y se sentó encima. Llevaba una pistolera en el hombro que dejaba ver la culata de una automática de calibre medio. Miró a Von Hammerstein, que se había quitado el reloj y caminaba junto al muro de la presa hacia el trampolín. Los pistoleros estaban alejados del lago y también observaban a Von Hammerstein y a las dos chicas, que ahora nadaban hacia la orilla más lejana. Los pistoleros llevaban las pistolas apoyadas en los brazos, y de vez en cuando uno de ellos echaba un vistazo por el jardín o hacia la casa. Bond se daba cuenta ahora de por qué Von Hammerstein había logrado mantenerse con vida: se había preocupado de tener cuidado.

Von Hammerstein llegó al trampolín. Caminó hasta el final y se quedó de pie contemplando el agua. El cuerpo de Bond se puso tenso y levantó el seguro del rifle. Sus ojos se achinaron formando dos ranuras. Ahora. Podía ocurrir en cualquier momento.

Su dedo rascó el gatillo. ¿A qué esperaba la muchacha?

Von Hammerstein se decidió al fin. Dobló ligeramente las rodillas y echó los brazos hacia atrás. A través del visor telescópico, Bond pudo ver cómo temblaba el vello de sus hombros azotado por una brisa que parecía agitar la superficie del lago como un escalofrío. Llevó los brazos hacia delante y hubo una fracción de segundo en que sus pies saltaron del trampolín manteniéndose erguido. En esa fracción de segundo un relámpago plateado cayó sobre su espalda y el cuerpo de Von Hammerstein golpeó el agua zambulléndose elegantemente.

González se levantó, mirando con incredulidad la turbulencia originada por el cuerpo al zambullirse. Tenía la boca abierta, expectante. No sabía si había visto algo o no. Los dos pistoleros estaban más seguros. Prepararon las armas. Se pusieron en cuclillas, mirando a González y a los árboles, detrás de la presa, esperando una orden.

Lentamente, la turbulencia disminuyó y las ondas se esparcieron por el lago. El cuerpo se había sumergido profundamente.

Bond tenía la boca seca. Se humedeció los labios, escudriñando el lago con el visor. Pudo ver un brillo rosa en el fondo. Echaba burbujas lentamente hacia arriba. De repente, el cuerpo de Von Hammerstein rasgó la superficie. Flotaba cabeza abajo, revolcándose débilmente. Un asta de acero de unos treinta centímetros sobresalía de su paletilla izquierda y el sol centelleaba sobre las plumas de aluminio.

El comandante González gritó una orden y las dos metralletas rugieron echando llamas. Bond pudo oír el estampido de las balas entre los árboles situados más abajo. El Savage dio una sacudida contra su hombro y el hombre situado a la derecha cayó de bruces. El otro pistolero corrió hacia el lago, con la metralleta apoyada en la cadera disparando aún breves ráfagas. Bond disparó, errando el tiro, y volvió a disparar. Las piernas del hombre se doblaron, pero el impulso le hizo avanzar un poco más. Después cayó al agua. El dedo apretado sobre el gatillo seguía disparando la metralleta, ya sin puntería, hacia el cielo azul, hasta que el agua ahogó el mecanismo.

Los segundos empleados en el otro disparo dieron a González una oportunidad. Estaba detrás del cuerpo del primer pistolero y abrió fuego con la metralleta contra Bond. No estaba claro si había visto a Bond o si estaba disparando hacia los fogonazos del Savage, pero estaba apuntando bien. Las balas silbaron sobre el arce y unas cuantas cortezas de madera saltaron en el rostro de Bond. Éste disparó dos veces. El cuerpo inerte del pistolero dio una sacudida. ¡Demasiado bajo! Bond volvió a cargar el rifle y apuntó de nuevo. Una rama desgajada cayó sobre el rifle. La quitó, pero mientras tanto González había conseguido levantarse y corría hacia las sillas del jardín. Tiró la mesa de hierro a un lado y se escondió detrás mientras dos tiros instantáneos que había disparado Bond levantaron trozos de césped a sus pies. Detrás del sólido parapeto podía disparar con más precisión y, ráfaga tras ráfaga, desde la derecha y la izquierda de la mesa, las balas dieron en el arce, mientras que los disparos de Bond retumbaban contra el hierro blanco y silbaban sobre el césped.

No era fácil mover el visor telescópico a uno y otro lado de la mesa, y González se cambiaba de sitio sagazmente. Una y otra vez sus balas chocaban contra el tronco junto a Bond y encima de éste. Bond se agachó y corrió rápidamente hacia la derecha. Dispararía, de pie, desde la pradera descubierta y cogería a González por sorpresa. Pero incluso mientras corría, vio a González salir disparado detrás de la mesa de hierro. Él también había decidido escapar de aquel callejón sin salida. Corría como un loco en dirección hacia los bosques y hacia Bond. Éste se quedó quieto y levantó el rifle. González lo vio. Apoyado sobre una rodilla, disparó una ráfaga sobre Bond. Éste se mantuvo de pie inmóvil, oyendo las balas. Centró la cruz del visor sobre el pecho de González y apretó el gatillo. González se balanceó y se levantó un poco. Alzó los brazos y, con el arma todavía disparando balas hacia el cielo, se zambulló desmañado de bruces sobre el agua.

Bond siguió mirando por si levantaba la cabeza. Pero no lo hizo. Lentamente bajó el rifle y se limpió el rostro con el brazo.

Los ecos de tanta muerte retumbaban por todo el valle. A lo lejos, hacia la derecha, entre los árboles más allá del lago, vislumbró a las dos chicas que subían corriendo hacia la casa. Enseguida, si las criadas no lo habían hecho ya, avisarían a la policía montada del Estado. Había que darse prisa.

Bond volvió a bajar por la pradera hacia el arce solitario. La joven estaba allí, de pie, apoyada contra el tronco del árbol. La sangre brotaba de su brazo derecho y caía al suelo, y tenía una mancha negra en la parte de arriba de la manga de su camisa verde oscuro. El arco y el carcaj de flechas estaban tirados a sus pies. Sus hombros temblaban.

Bond se acercó por detrás y puso un brazo protector sobre los hombros de la joven. Después le dijo sosegadamente:

—Tranquila, Judy. Ya ha pasado todo. ¿Qué tienes en el brazo?

Ella le respondió con una voz debilitada:

—No es nada. Algo me golpeó. Pero ha sido horrible. Yo no…, no creía que iba a ser así.

Bond le apretó el brazo para tranquilizarla.

—Había que hacerlo. Si no, te hubieran cogido. Esos tipos son asesinos, los peores. Pero te dije que éstas son cosas de hombres. Déjame ver el brazo. Tenemos que llegar a la frontera. La policía montada llegará enseguida.

Ella se dio la vuelta. El bello y salvaje rostro estaba lleno de surcos de sudor y lágrimas. Sus ojos grises eran dulces y sumisos.

—Gracias por tratarme bien, aunque me haya comportado así. Estaba muy nerviosa.

Extendió el brazo. Bond sacó el cuchillo de caza del cinturón y cortó la manga de la camisa a la altura del hombro. Tenía el corte profundo, amoratado y ensangrentado, de una herida de bala en el músculo. Bond sacó su pañuelo color caqui, lo rasgó en tres tiras y las ató. Después lavó la herida con el café y el whisky, sacó una fina rebanada de pan de la mochila y la puso sobre la herida. Cortó la manga de la camisa, hizo un cabestrillo y se lo anudó detrás del cuello. Su boca estaba cerca de la de la joven. El aroma de su cuerpo tenía un olor cálido de animal. Bond la besó en los labios, primero con suavidad y después con furia. Parecían sorprendidos y contentos. Volvió a besarla en las comisuras de los labios y, lentamente, la boca le sonrió. Bond se alejó y le sonrió a su vez. Delicadamente, tomó su mano derecha y metió la muñeca por el cabestrillo. Ella le preguntó, sumisa:

—¿Adónde me vas a llevar?

Bond le respondió:

—Te llevaré a Londres. Hay un anciano que quiere verte. Pero antes tenemos que llegar a Canadá y hablar con un amigo de Ottawa para que te consiga enseguida un pasaporte. Tendrás que comprarte ropa y algunas cosas. Todo eso nos llevará varios días. Nos alojaremos en un lugar llamado Motel KO-ZEE.

La joven le miró a los ojos. Era otra chica diferente. Dulcemente, exclamó:

—Me gustará. Nunca he estado en un motel.

Bond se inclinó, cogió el rifle y la mochila y se los colgó de un hombro. Después colocó el arco y el carcaj en el otro, se dio la vuelta y empezó a caminar por la pradera.

Ella le siguió y, mientras caminaba, se quitó el pasador del cabello, deshizo el lazo que lo sujetaba y dejó que la cabellera rubio claro cayera sobre sus hombros.

Una parte de cariño

James Bond dijo:

—Siempre he pensado que si alguna vez me caso, lo haré con una azafata de vuelo.

La fiesta había sido bastante bochornosa, y ahora que los otros dos invitados se habían ido a coger el avión acompañados del edecán, el gobernador y Bond estaban sentados uno junto a otro en un sofá de cretona en el amplio salón de la Oficina Laboral, intentando entablar conversación. Bond se sentía muy ridículo. No se encontraba a gusto repantingado entre mullidos almohadones. Prefería sentarse derecho en una sólida butaca tapizada, con los pies firmemente apoyados en el suelo. Y se sentía grotesco allí, sentado con un viejo solterón en un lecho de cretona rosa, contemplando el café y los licores en la mesita baja entre sus piernas estiradas. Había una atmósfera de club, de intimidad, incluso algo femenino, en aquella escena, y ninguna de esas atmósferas le parecía adecuada.

No le gustaba Nassau. Eran todos demasiado ricos. Los turistas de invierno y los residentes que poseían casas en la isla sólo hablaban de su dinero, de sus enfermedades y de los problemas que tenían con los criados. Ni siquiera podían cotillear, pues no había nada que valiera la pena. El grupo de invierno era demasiado viejo para tener aventuras amorosas y, como la mayoría de la gente rica, demasiado discretos para contar nada malo de sus vecinos. Los Harvey Miller, el matrimonio que acababa de irse, eran la pareja típica, un agradable y aburrido millonario canadiense que se había metido en el negocio del gas natural al principio, y que seguía allí, y su preciosa y parlanchina esposa. Al parecer, ella era inglesa. Se había sentado junto a Bond y había estado hablando animadamente sobre «qué espectáculos había visto recientemente en la ciudad» y «¿no pensaba él que la Parrilla del Savoy era el mejor lugar para cenar? Se veía tanta gente interesante por allí, actrices y gente así…». Bond hizo todo lo que pudo, pero, como no había ido al teatro desde hacía dos años, y además sólo porque se vio obligado a seguir a un hombre que había ido allí en Viena, tuvo que intentar bucear en sus viejos recuerdos sobre la vida nocturna de Londres, que no parecían coincidir con las experiencias de la señora de Harvey Miller.

Bond sabía que el gobernador le había invitado a cenar sólo por motivos de trabajo, y quizás para que le ayudara con los Harvey Miller. Bond llevaba una semana en la colonia y se iba a Miami al día siguiente. Había realizado un trabajo rutinario de investigación. Los rebeldes de Cuba partidarios de Castro estaban recibiendo armas desde todos los territorios vecinos. Éstas procedían, en su mayoría, de Miami y del golfo de México, pero cuando los guardacostas norteamericanos capturaron dos grandes envíos, los partidarios de Castro se fueron a Jamaica y a las Bahamas para crear sus bases, y Bond había sido enviado desde Londres para intentar parar el asunto. Él no quería hacer ese trabajo, pues sus simpatías estaban con los rebeldes, pero el gobierno tenía un amplio programa de exportación con Cuba como contrapartida a los envíos de azúcar que necesitaba, y una de las condiciones del trato era que Gran Bretaña no proporcionaría ayuda ni favor a los rebeldes cubanos.

Bond había hecho averiguaciones sobre los dos grandes cruceros que estaban siendo equipados para llevar a cabo esa tarea y, en lugar de efectuar detenciones cuando estaban a punto de zarpar, pues podría originar un incidente, eligió una noche cerrada y los abordó desde una lancha de la policía. Desde la cubierta de la lancha sin luces, lanzó una bomba incendiaria a través de los portillos abiertos de los barcos; después salió a gran velocidad y contempló los fuegos a lo lejos. Era mala suerte para las compañías de seguros, por supuesto, pero no había habido heridos y había cumplido de una manera limpia y rápida el encargo de M.

Bond estaba seguro de que nadie en la colonia, exceptuando el jefe de Policía y dos de sus oficiales, sabía quién había originado los dos espectaculares y, a decir de los entendidos, oportunos incendios en el fondeadero. Bond sólo había informado a M en Londres. No había querido poner al gobernador en un aprieto, pues le parecía un hombre fácil de turbar; de hecho, podía haber sido poco oportuno informarle de un delito que probablemente podría ser motivo de una investigación en el Consejo Legislativo. Pero el gobernador no era tonto. Se había enterado del motivo de la visita de Bond a la colonia, y aquella noche, cuando Bond le estrechó la mano, notó en sus modales el oculto rechazo del hombre pacífico por la acción violenta.

Esto no había sido lo mejor para la fiesta, que había necesitado de toda la charla y efusividad de un esforzado edecán para dar a la noche la pequeña sensación de vida que se había conseguido.

Y ahora sólo eran las nueve y media, y el gobernador y Bond tenían por delante una hora más antes de poder irse a dormir, cada uno de ellos aliviado de no tener que volver a ver al otro nunca más. No es que Bond tuviera nada en contra del gobernador. Era el tipo de hombre corriente con el que se había encontrado muchas veces en otras partes del mundo, íntegro, leal, competente, equilibrado y justo: la mejor clase de funcionario de las colonias. Unánimemente considerado como competente y leal, habría desempeñado los cargos de menor importancia durante treinta años, mientras el Imperio se desmoronaba a su alrededor; y ahora, justo a tiempo, agarrándose a la escalera y evitando las serpientes, había llegado arriba. Dentro de uno o dos años recibiría un título honorífico y se retiraría, a Godalming, Cheltenham o Turnbridge Wells, con una pensión y unos cuantos recuerdos sobre los lugares donde había vivido, como el Trucial Omán, las Islas de Sotavento, la Guayana Británica, que nadie en el club de golf de su localidad sabía dónde estaban ni le importaba.

De todas formas, aquella noche Bond había vislumbrado los pequeños dramas, como el asunto de los rebeldes de Castro, de los que el gobernador habría sido testigo ¡o de los que no se habría enterado! Cuántas cosas debía de saber sobre el tablero de ajedrez de las pequeñas intrigas políticas, del lado escandaloso de la vida en las pequeñas comunidades de ultramar, de los secretos de la gente registrados en los archivos de los gobiernos de todo el mundo. Pero ¿cómo podría uno atacar una parte de aquella discreta y estricta mente? ¿Cómo podría él, James Bond, a quien el gobernador probablemente consideraría como un hombre peligroso y una posible causa de riesgo para su propia carrera, extraer un solo gramo de comentario o hecho interesante para que aquella noche no fuera una inútil pérdida de tiempo?

El trivial y absolutamente falso comentario de Bond sobre casarse con una azafata de vuelo había tenido lugar al final de una inconexa conversación sobre viajes en avión, que había surgido de forma aburrida e inevitable, con motivo de la despedida de los Harvey Miller para coger el avión con destino a Montreal. El gobernador opinaba que la BOAC había conseguido la parte del león del tráfico americano con destino a Nassau porque, aunque sus aviones tardaban media hora más desde Idlewild, el servicio era espléndido. Bond opinó, asombrado de su frivolidad, que él prefería volar despacio y cómodo a rápido y sin ser bien atendido. Fue entonces cuando comentó lo de la azafata.

—¿De verdad? —exclamó el gobernador con una voz educada y controlada que Bond hubiera preferido más distendida y con un tono más humano—. ¿Por qué?

—¡Ah!, no sé. Me imagino que debe de ser maravilloso tener siempre a una chica guapa cuidándote y trayéndote bebidas y platos cocinados, y preguntándote si estás a gusto. Y, además, siempre están sonrientes y deseando complacer. Si no me caso con una azafata, no tendré más remedio que hacerlo con una japonesa. También parecen muy buenas.

Bond no tenía intención alguna de casarse con nadie y, si lo hiciera, ciertamente no sería con una esclava insípida. Solo quería divertirse o empujar al gobernador a participar en algún debate sobre un tema humano.

—No conozco a las japonesas, pero supongo que habrá pensado que las azafatas están entrenadas para complacer y que pueden ser muy diferentes cuando no están trabajando.

La voz del gobernador tenía un matiz razonable y sensato.

—Como no tengo interés alguno en casarme, nunca me he tomado la molestia de buscar.

Se produjo una pausa. El puro del gobernador se había apagado. Tardó unos minutos en volver a encenderlo. Cuando al fin habló, Bond pensó que el tono uniforme había ganado una chispa de vida, de interés.

—Una vez —dijo el gobernador— conocí a un hombre que pensaba igual que usted. Se enamoró de una azafata y se casó con ella. Una interesante historia, realmente. —El gobernador miró de reojo a Bond y lanzó una breve carcajada de desaprobación—. Usted sólo parece ver el lado sórdido de la vida. Esta historia puede parecerle de las del lado oscuro. Pero ¿quiere que se la cuente?

—Me encantaría —exclamó Bond con entusiasmo.

Dudaba de si la idea del gobernador sobre lo que era sórdido coincidiría con la suya, pero por lo menos le evitaría tener que mantener una conversación insípida. Para poder escaparse de aquel maldito y empalagoso sofá, preguntó:

—¿Podría servirme un poco más de coñac? Se levantó y echó un par de dedos de coñac en el vaso y, en lugar de volver al sofá, cogió una silla y se sentó, haciendo esquina con el gobernador, al otro lado de la bandeja de bebidas. El gobernador contempló la colilla de su puro, le dio un golpecito y puso el puro derecho para que no se cayera la ceniza. Mientras contaba la historia, siguió contemplando la ceniza con cautela, como si estuviera hablando con el delgado hilillo de humo azul que se elevaba y desaparecía en el aire caliente y húmedo.

Luego prosiguió sosegadamente:

—Nuestro hombre, lo llamaré Masters, Philip Masters, estuvo en el Servicio casi al mismo tiempo que yo. Yo era un año más antiguo. Fue a Fettes y obtuvo una beca para Oxford, el nombre de la facultad no viene al caso, y después pidió un puesto en el Servicio de las colonias. No era un tipo especialmente inteligente, pero sí muy trabajador y competente, y la clase de hombre que produce buena impresión en las entrevistas. Lo eligieron para el Servicio. Su primer destino fue en Nigeria. Trabajó muy bien allí. Le gustaban los nativos y se llevaba bien con ellos. Era un hombre de ideas liberales y, aunque realmente no confraternizaba con ellos —el gobernador sonrió amargamente—, lo cual le hubiera causado problemas con sus superiores en aquella época, era compasivo y humano con los nigerianos, quienes se sentían bastante sorprendidos.

El gobernador hizo una pausa y dio una chupada al puro. La ceniza estaba a punto de caer y se inclinó con cuidado sobre la bandeja de bebidas para depositarla en la taza de café. Se echó hacia atrás en la silla y por vez primera miró de frente a Bond. Luego prosiguió:

—Lamento decir que el afecto que este joven sentía por los nativos sustituía el afecto que los jóvenes de esa edad de otras clases sociales suelen demostrar por el otro sexo. Desgraciadamente, Philip Masters era un joven tímido y bastante tosco que nunca había tenido éxito en ese aspecto. Cuando no estaba estudiando para aprobar sus numerosos exámenes, estaba jugando al hockey en el equipo de la universidad o remando en el treinta y ocho. Durante las vacaciones iba a casa de una tía que tenía en Gales y hacía alpinismo con el club de montañismo local. Además, sus padres se habían separado cuando estaba en la escuela primaria, y aunque era sólo un niño, dejaron de preocuparse de él cuando entró en Oxford con la beca y sólo le enviaban una pequeña asignación para ayudarle a salir de algún apuro. De modo que tenía poco tiempo para las chicas y muy poco que ofrecer a las que conocía. Su vida sentimental discurría por un camino de frustración y morbosidad, la herencia que nos habían dejado nuestros abuelos Victorianos. Conociendo su manera de ser, estoy sugiriendo que su amigable relación con la gente de color de Nigeria representaba una especie de compensación y sustitución del afecto básico cálido y apasionado del que había carecido y que ahora encontraba en sus naturalezas sencillas y afectuosas.

Bond interrumpió la solemne narración.

—El único problema que existe con las bellas negras es que no saben nada de control de natalidad. Me imagino que lograría escapar de ese problema.

El gobernador mantuvo la mano levantada. Su voz adquirió un tono de desagrado por la grosería de Bond.

—No, no. Me está malinterpretando. No estoy hablando de sexo. A este joven nunca se le hubiera ocurrido mantener relaciones con una chica de color. De hecho, no sabía nada sobre sexo. Hoy día no resulta raro entre los chicos jóvenes en Inglaterra, pero en aquella época no era muy corriente y, como espero que usted también esté de acuerdo, era causa del desastre de muchos matrimonios y dé otras tragedias.

Bond asintió.

—No. Sólo estoy explicando cómo era este joven y lo que se le venía encima a un chico frustrado e ingenuo, con un corazón y un cuerpo apasionados, pero sin despertar, y una torpeza que le hacía buscar compañía y afecto entre los negros en lugar de hacerlo entre la gente de su propio mundo. En definitiva, era un inadaptado sensible, físicamente poco interesante, pero sincero en todos los demás aspectos y un ciudadano competente y absolutamente eficiente.

Bond tomó un trago de coñac y estiró las piernas. Estaba disfrutando con la historia. El gobernador la estaba relatando en un estilo de anticuada narrativa que le proporcionaba un matiz de autenticidad.

El gobernador continuó:

—El destino del joven Masters en Nigeria coincidió con el primer gobierno laborista. Si usted recuerda, una de las primeras cosas que hicieron fue reformar el servicio exterior. Nombraron un nuevo gobernador en Nigeria con puntos de vista muy avanzados sobre el problema de los nativos, el cual comprobó con sorpresa y satisfacción que había un joven miembro de su personal que, en su modesto círculo, estaba llevando a la práctica sus propias ideas. El gobernador animó a Philip Masters, le asignó tareas que excedían su categoría profesional y, a su debido tiempo, cuando Masters solicitó un traslado, redactó un informe tan brillante que Masters saltó un escalón y fue destinado a Bermuda como secretario adjunto del gobierno.

El gobernador observó a Bond a través del humo del cigarro y le dijo, disculpándose:

—Espero no aburrirle demasiado con esta historia. No tardaré mucho en llegar al meollo del asunto.

—Estoy realmente interesado. Creo que ya me hago una idea del tipo de hombre que era. Debe de haberle conocido bien.

El gobernador dudó un instante y dijo:

—Le conocí mucho mejor en Bermuda. Yo era su superior y él estaba directamente a mis órdenes. Sin embargo, aún no hemos llegado a Bermuda. Eran los primeros tiempos de las rutas aéreas en África y, por una razón u otra, Philip Masters decidió volar a su casa en Londres y así disponer de unas vacaciones más largas que si hubiera tomado el barco en Freetown. Viajó en tren hasta Nairobi y allí tomó el vuelo semanal de Imperial Airways, la compañía precursora de la BOAC. Nunca antes había volado y estaba intrigado, y también un poco nervioso durante el despegue, después de que la azafata, de cuya belleza se había percatado, le hubiera dado un caramelo y le hubiera indicado la manera de abrocharse el cinturón.

»Una vez que el avión hubo llegado a altitud de crucero, y cuando vio que volar era más tranquilo de lo que imaginaba, apareció la azafata en la cabina casi vacía. Con una sonrisa, le dijo: "Ya puede desabrocharse el cinturón". Viendo que Masters no se aclaraba con el cierre, se inclinó hacia él y se lo desabrochó. Fue un pequeño gesto de intimidad. Nunca en su vida Masters había estado tan cerca de una mujer de su misma edad. Se ruborizó y sintió una gran turbación. Le dio las gracias. Ella sonrió descaradamente ante su apuro y se sentó sobre el brazo del asiento vacío al otro lado del pasillo y le preguntó de dónde venía y adónde se dirigía. Él se lo contó, y a su vez le hizo preguntas sobre el avión, la velocidad a la que volaban, dónde iban a hacer escala, y cosas así. Se dio cuenta de que resultaba muy fácil hablar con ella y que era asombrosamente bella. Se sintió sorprendido de la naturalidad con que la joven le trataba y de su aparente interés en todo lo que le había contado sobre África. Ella parecía creer que su vida era bastante más interesante y atractiva de lo que, en su opinión, era. Le hacía sentirse importante. Cuando la joven se fue a ayudar a las dos camareras a preparar la comida, se quedó sentado pensando en ella y asombrado de sus pensamientos. Cuando intentó leer no pudo concentrarse en la página del libro; sentía la necesidad de mirar por el avión por si podía verla. En una ocasión ella se encontró con su mirada y le lanzó lo que él entendió como una sonrisa secreta. "Somos las dos únicas personas jóvenes del avión (parecía querer decirle). Nos comprendemos. Nos interesan las mismas cosas."

»Philip Masters miró por la ventana, y la vio en el mar de nubes blancas debajo del avión. En su espíritu la contemplaba detalladamente, maravillado de su perfección. Era pequeña y elegante, con cutis blanco y sonrosado, y el cabello rubio recogido en un moño. (Le gustaban mucho los moños. De algún modo indicaba que no era una "chica fácil".) Tenía unos labios de color rojo cereza que sonreían y unos ojos azul pálido que brillaban con malicia. Puesto que conocía Gales, supuso que quizás tenía sangre galesa. Su sospecha fue confirmada al ir a lavarse las manos antes de comer y ver su nombre,

Rhoda Llewellyn, escrito en la lista de la tripulación, encima del estante de periódicos junto a la puerta del lavabo. Después pasó el rato haciendo especulaciones sobre ella. Estaría cerca de él unos dos días, pero ¿cómo podría verla otra vez? Tendría cientos de admiradores. Incluso podría estar casada. ¿Volaría mucho? ¿Cuántos días libres tendría entre vuelos? ¿Se reiría de él si la invitaba a cenar y al teatro? ¿Quizás se quejaría al comandante del avión diciéndole que uno de los pasajeros se estaba propasando? De repente, se imaginó que era expulsado del avión en Aden y que enviaban una queja al Departamento de Colonias, lo que significaría el fin de su carrera.

»Al fin llegó el almuerzo y la tranquilidad. Cuando la azafata colocó la pequeña bandeja encima de sus rodillas, su cabello rozó la mejilla de Masters; a él le pareció como si le hubiera rozado un cable de alta tensión. Ella le mostró cómo abrir los complicados paquetes de celofán y la tapa de plástico del aliño de la ensalada. Le dijo que la tarta era deliciosa, un rico milhojas. En definitiva, se deshizo en atenciones con él, y Masters no podía recordar que nadie le hubiera tratado igual, ni siquiera su madre cuando era un niño.

»Al terminar el viaje, cuando el sudoroso Masters había reunido el valor suficiente para invitarla a cenar, casi se llevó una decepción al aceptar ella enseguida. Un mes más tarde dejó Imperial Airways y se casaron. Transcurrido un mes, cuando terminó el permiso de Masters se embarcaron rumbo a Bermuda.

Bond dijo entonces:

—Me temo lo peor. Se casó con él porque su vida parecía emocionante y magnífica. Le gustaba la idea de ser la reina de las fiestas en la residencia del gobernador. Me imagino que al final Masters la mataría, ¿verdad?

—No —exclamó el gobernador tranquilamente—. Pero siento decir que ha adivinado el motivo que le llevó a casarse con él; fue por eso y porque estaba cansada de su trabajo y del riesgo de volar. Quizás ella quiso realmente tener éxito en algo y, ciertamente, cuando el joven matrimonio llegó y se instaló en su bungaló en las afueras de Hamilton, a todos nos causaron muy buena impresión su vitalidad y su belleza, y el modo que tenía de complacer a todo el mundo. Y, evidentemente, Masters era un hombre nuevo. Estaba viviendo un cuento de hadas. Ahora, al mirar hacia atrás, daba pena verle acicalarse para poder estar a su altura. Se preocupaba de su ropa, se echaba brillantina en el pelo e incluso se dejó un bigote al estilo militar, seguramente porque creía que era distinguido. Al final del día, regresaba corriendo al bungaló, y siempre era Rhoda por aquí, Rhoda por allá, y ¿cuándo será que lady Burford, la esposa del gobernador, invitará a Rhoda a almorzar?

»Pero él trabajaba mucho y todos apreciaban al joven matrimonio, y transcurrieron seis meses alegremente. Después, y son imaginaciones mías, empezaron las quejas en el pequeño bungaló. Ya puede usted imaginarse: "¿Por qué la mujer del secretario de la colonia nunca me invita a salir de compras? ¿Cuándo van a dar otra fiesta? Ya sabes que no podemos tener un hijo ahora. ¿Cuándo te van a ascender? Esto es un aburrimiento, no tengo nada que hacer en todo el día. Hoy tienes que hacerte tú la cena. No quiero que me molestes. Tú te lo pasas tan bien, te diviertes tanto…". Y así una y otra vez. Y por supuesto, los mimos rápidamente se fueron por la borda. Ahora era Masters, y por supuesto estaba encantado, el que llevaba el desayuno a la cama a la azafata antes de irse a trabajar. Era Masters el que ordenaba la casa cuando volvía por la tarde y encontraba colillas y envolturas de chocolatinas por todas partes. Era Masters el que había dejado de fumar y de tomar su copa habitual para comprarle a ella ropa nueva y que pudiera estar a la altura de las demás esposas.

»Yo, que conocía bien a Masters, me di cuenta de todo aquello. El gesto preocupado, la llamada de teléfono solícita, misteriosa, en horas de oficina, los diez minutos ganados al final del día para poder llevar a Rhoda al cine, y, por supuesto, las preguntas, medio en broma, sobre los matrimonios en general: ¿Qué hacían las demás mujeres durante todo el día? ¿No pensaban que hacía demasiado calor allí? Imaginaba que las mujeres (casi añadió: "Dios las bendiga") se enfadaban mucho más que los hombres. Y así sucesivamente. El problema, o por lo menos gran parte del problema, era que Masters estaba como alelado. Ella era todo para él, y si no era feliz o si estaba descontenta, todo era culpa suya. Desesperadamente, se puso a buscar algo en lo que pudiera ocupar el tiempo y ser feliz, y, finalmente, de todas las cosas que probó, o más bien que probaron juntos, eligieron el golf. Jugar al golf es lo único que se puede hacer en Bermuda. Hay varios campos magníficos, entre ellos el famoso Club Mid-Ocean, donde juega toda la gente bien y donde más tarde se reúnen en el club para charlar y tomar una copa. Era justo lo que deseaba, una actividad elegante y con gente bien. Dios sabe lo que tuvo que ahorrar Masters para comprarle los palos de golf y pagar las clases y todo lo demás, pero a fin de cuentas lo consiguió y fue un enorme éxito. Ella estaba encantada y pasaba todo el día en el Mid-Ocean. Se tomaba las clases con mucho interés y obtuvo un *handicap*. Conoció a mucha gente en los pequeños campeonatos y en las competiciones mensuales, y a los seis meses no sólo jugaba ya de forma aceptable, sino que se había convertido en la niña mimada de los miembros masculinos del club. Aquello no me extrañó nada. Recuerdo haberla visto de vez en cuando, con una maravillosa figura bronceada y los pantalones más cortos que había visto jamás, una visera blanca con forro verde, y un elegante y sólido *swing* que le hacía cimbrear su figura, y de verdad —el gobernador parpadeó brevemente— era la cosa más bonita que había visto nunca en un campo de golf.

»Evidentemente, lo demás no tardó mucho en llegar. Se celebró una competición de grupos mixtos de cuatro personas. Le tocó de compañero al chico mayor de los Tattersall, los principales comerciantes de Hamilton y más o menos los jefes de la alta sociedad de Bermuda. Era un chico tremendo, terriblemente guapo, magnífico nadador y estupendo golfista, con un MG deportivo, una lancha motora y mil cosas más. Ya sabe a qué tipo me refiero. Tenía todas las chicas que quería, y aunque no se iban a la cama con él enseguida, las llevaba a dar un paseo en el MG o en la Chriscraft, o por las noches a las discotecas. La pareja ganó el campeonato después de una reñida final y Philip Masters se encontraba entre el elegante grupo de gente que rodeaba el hoyo dieciocho para animarlos. Era la última vez que animaba en el transcurso de aquel día, probablemente el día de su vida que más había vitoreado. Casi inmediatamente después, empezó a "salir" con el joven Tattersall, y al principio todo fue como la seda.

»Y créame, señor Bond —el gobernador cerró una mano y golpeó despacio el borde de la mesa de bebidas—, era algo repugnante de ver. Ella no hacía el más mínimo esfuerzo por suavizar el golpe o por disimular. Simplemente cogió a Tattersall y con él golpeó el rostro de Masters, y siguió golpeándole. Volvía a casa a altas horas de la noche, se empeñó en que Masters debía trasladarse a la habitación de invitados, so pretexto de que hacía demasiado calor para dormir juntos, y si alguna vez limpiaba la casa o cocinaba, era sólo de forma improvisada y para mantener las apariencias. Evidentemente, al cabo de un mes, el asunto era de dominio público, y el pobre Masters llevaba el par de cuernos más grande que nunca antes se había visto en la colonia. Por fin, lady Burford se decidió a tomar cartas en el asunto y mantuvo una conversación con Rhoda

Masters, le dijo que estaba arruinando la carrera de su marido y unas cuantas cosas más. Pero el problema era que lady Burford pensaba que Masters era un soso y, quizás porque ella también había tenido alguna aventura en su juventud, todavía era una bella mujer de ojos brillantes, fue demasiado compasiva con la joven. Por supuesto, el propio Masters, según me contó después, pasó por todas las horribles fases, reprimendas, amargura, peleas, rabia, violencia (me dijo que una noche casi llegó a estrangularla) y, por último, frialdad, abandono y triste sufrimiento.

El gobernador hizo una pausa.

—No sé si habrá visto usted alguna vez cómo se rompe un corazón, lenta y deliberadamente. Bueno, pues eso es lo que yo pude contemplar que estaban haciendo con Philip Masters, y realmente era algo horrible de ver. Por una vez en el rostro de ese hombre se podía ver el paraíso y, después de pasar un año en Bermuda, tenía el infierno dibujado en el rostro. Evidentemente, yo hice todo lo que estaba en mis manos, todos lo hicimos realmente, de uno u otro modo, pero una vez que ocurrió, en aquel hoyo dieciocho en el Club Mid-Ocean, sólo pudimos recoger los pedazos. Masters parecía un perro moribundo. Simplemente se alejó de nosotros a un rincón y gruñía cuando alguien trataba de acercarse a él. Yo incluso llegué a escribirle una o dos cartas. Luego me contó que las había roto sin leerlas.

»Un día, nos reunimos varios amigos y le pedimos que asistiera a una fiesta de hombres solos en mi bungaló. Queríamos que se emborrachara, y lo conseguimos. Después se produjo un estrépito en el cuarto de baño. Masters intentó cortarse las venas con mi maquinilla de afeitar. Aquello nos destrozó los nervios y me encargaron que fuera a ver al gobernador para contarle todo el asunto. El gobernador ya estaba enterado, evidentemente, pero pensaba que no tendría que intervenir. La cuestión era si Masters podría seguir en el Servicio. Su trabajo se había hecho añicos. Su mujer era un escándalo público. Era un hombre destrozado. ¿Podríamos recomponer los trozos algún día?

»El gobernador era una persona excelente, y atendiendo nuestros ruegos, decidió hacer un último esfuerzo para aplazar el casi inevitable parte a Whitehall que habría acabado con lo que quedaba de Masters. Y la Providencia llegó para echarle una mano. Justo al día siguiente después de mi entrevista con el gobernador, se recibió un mensaje de la Oficina Colonial indicando que iba a celebrarse una reunión en Washington para establecer los derechos de la pesca de altura, y que Bermuda y las Bahamas estaban invitadas a enviar representantes de sus gobiernos. El gobernador llamó a Masters, le dijo cuatro verdades y le comunicó que lo iba a enviar a Washington y que en un plazo de seis meses tenía que solucionar sus asuntos privados de una manera u otra, y después lo despidió. Al cabo de una semana, Masters se marchó y pasó cinco meses en Washington hablando de pesca, y todos nosotros respiramos con alivio y evitábamos a Rhoda Masters siempre que podíamos.

El gobernador dejó de hablar y el enorme e iluminado salón se quedó en silencio. Cogió un pañuelo y se limpió el rostro. Sus recuerdos le habían emocionado y sus ojos brillaban en su cara colorada. Se levantó y sirvió un poco de whisky y soda para Bond, y también para él.

—¡Vaya desastre! —exclamó Bond—. Ya me suponía que antes o después iba a pasar algo así, pero Masters tuvo mala suerte de que ocurriera tan pronto. Ella debía de ser una bruja sin corazón. ¿Mostró alguna señal de arrepentimiento por lo que había hecho?

El gobernador terminó de encender otro puro. Miró la punta al rojo vivo y sopló sobre ella. Después le respondió:

—Qué va. Se lo estaba pasando de maravilla. Probablemente sabía que aquello no iba a durar mucho, pero era justo lo que había estado soñando, lo que los lectores de revistas femeninas sueñan, y ella tenía ese tipo de mentalidad. Lo tenía todo, el mejor partido de la isla, amor en la arena bajo las palmeras, diversión en la ciudad y un coche deportivo, toda la parafernalia de un romance vulgar. Y, para colmo, un esclavo por marido bien lejos y una casa a donde ir a darse un baño, a cambiarse de ropa y a dormir un poco. Y además, sabía que podría volver con Philip Masters. Era tan despreciable. No le sería muy difícil. Después, iría por ahí y pediría perdón a todos y volvería de nuevo a ser amable y todos la perdonarían. Todo se solucionaría. Y si no se solucionaba, había muchos hombres en el mundo además de Philip Masters, incluso mucho más atractivos. ¡Sólo había que fijarse en los hombres del club de golf! Podría elegir entre ellos cuando quisiera. No, la vida era divertida, y si estaba siendo un poco mala, la gente también se comportaba así, después de todo. Sólo había que fijarse en lo que hacían las actrices de Hollywood.

»Bueno, pues, enseguida tuvo que ponerlo a prueba. Tattersall empezó a cansarse de ella, y, gracias a la esposa del gobernador, los padres de Tattersall estaban muy enfadados. Eso le proporcionó a Tattersall una excusa para dejarla sin demasiadas escenas. Además era verano y la isla estaba llena de bellas americanas. Era el momento de cambiar de pareja. De modo que abandonó a Rhoda Masters. Así, tal cual. Le dijo que habían terminado. Que sus padres habían insistido y, que si no terminaba con ella, dejarían de darle dinero. Faltaba una semana para que Philip Masters regresara de Washington, y yo diría que no se lo tomó muy mal. Era una chica fuerte y sabía que eso tendría que ocurrir en cualquier momento. No se quejó, entre otras cosas porque tampoco podía ir a quejarse a nadie. Se fue a ver a lady Burford y le dijo que estaba arrepentida y que a partir de ese momento iba a ser una buena esposa para Philip Masters. Empezó a limpiar la casa y a ponerlo todo en orden para la gran escena de reconciliación.

»La necesidad de llevar a cabo una reconciliación era evidente por la actitud que adoptaron sus antiguos compinches del Mid-Ocean. De forma repentina empezó a no ser bien recibida allí. Ya sabe cómo ocurren esas cosas, incluso en un lugar tan abierto como un club de campo del trópico. En ese momento, no sólo la residencia del gobernador, sino también la pandilla de comerciantes de los Hamilton la miraban mal. Inesperadamente, se convirtió en mercancía de mala calidad, utilizada y abandonada. Intentó ser de nuevo la misma y alegre coqueta, pero ya no consiguió nada. Le hicieron uno o dos desaires y dejó de ir por allí. Ahora era vital para ella poder volver a un refugio seguro, desde donde poder empezar otra vez desde cero. Se quedó en casa y se dispuso tercamente a ensayar, una y otra vez, la escena que iba a protagonizar, las lágrimas, los mimos de azafata, las largas y sinceras excusas y explicaciones, la cama de matrimonio. Y en ésas, Philip Masters volvió a casa.

El gobernador hizo una pequeña pausa y miró pensativamente a Bond.

—Usted no está casado —le dijo—, pero me imagino que ocurrirá lo mismo con todas las relaciones entre un hombre y una mujer. Pueden soportar todo mientras exista un poco de compasión en las dos personas. Cuando todo el afecto ha desaparecido, cuando a una de ellas, de forma clara y sincera, no le importa si la otra vive o se muere, entonces no hay nada que hacer. Ese particular insulto al ego, peor aún, al instinto de conservación, no puede olvidarse nunca. He sido testigo de flagrantes infidelidades que han sido toleradas. He visto delitos, incluso asesinatos, que han sido perdonados por la otra parte, sin olvidar bancarrotas y otras faltas de tipo social. Enfermedades incurables, la ceguera, desastres, todo puede superarse.

Pero nunca la desaparición de una compasión común en una de las partes. He reflexionado mucho sobre esto y me he inventado un término bastante pomposo para describir este elemento básico de las relaciones humanas. Lo he llamado la «Ley de la parte de cariño».

—Eso lo describe muy bien —dijo Bond—. Es impresionante. Y ya entiendo lo que quiere decir. Tiene toda la razón. Una «parte de cariño», una cierta cantidad de afecto. Sí, me imagino que se podría decir que, en resumidas cuentas, todo el amor y la amistad se basan en eso. Las personas somos muy inseguras. Cuando la otra persona no sólo te hace sentir inseguridad, sino que realmente parece que quiere destruirte, es que todo ha terminado. La «parte de cariño» estaba a cero. Tenía que salir de allí para poder salvarse. ¿Masters fue consciente de aquello?

El gobernador no respondió a su pregunta y siguió diciendo:

—Rhoda Masters tenía que haberse dado cuenta de aquello al ver entrar a su marido por la puerta del bungaló. No era tanto lo que dejaba traslucir en su apariencia, aunque se había quitado el bigote y tenía otra vez las greñas despeinadas de la primera vez que se conocieron, sino que eran sus ojos y su boca, y el gesto de la barbilla. Rhoda Masters se había puesto su vestido más sencillo. Apenas llevaba maquillaje y estaba sentada en una silla, donde la luz que entraba por la ventana dejaba su rostro medio a oscuras e iluminaba las páginas de un libro que tenía en el regazo. Había decidido que, en cuanto entrara por la puerta, levantaría la vista del libro, y dócil y sumisa, le dejaría hablar. Después se levantaría y se acercaría a él en silencio y se quedaría de pie frente a él con la cabeza agachada. Le contaría todo y dejaría que las lágrimas brotaran, y él la estrecharía entre sus brazos y ella le prometería un montón de cosas. Había practicado la escena muchas veces hasta quedar satisfecha.

»Ella levantó la mirada del libro, a su debido tiempo. Masters dejó despacio su maleta en el suelo y avanzó lentamente hacia la repisa de la chimenea y se quedó mirándola de forma vaga. Sus ojos tenían un aspecto frío e impersonal y no mostraban ningún interés. Metió la mano en el bolsillo interior de su chaqueta y sacó un trozo de papel. A la manera prosaica de un agente inmobiliario dijo: "Aquí tienes un plano de la casa. La he dividido en dos partes. Tus habitaciones serán la cocina y tu dormitorio. Puedes utilizar el cuarto de baño cuando yo lo deje libre". Se inclinó sobre ella y depositó el papel sobre las páginas del libro abierto. "No entrarás nunca en mis habitaciones, excepto cuando tengamos invitados." Rhoda Masters abrió la boca con intención de hablar. Él levantó la mano y le dijo: "Ésta es la última vez que hablo contigo en privado. Si me diriges la palabra, no te responderé. Si deseas comunicarme algo, puedes dejarme una nota en el cuarto de baño. Espero que mis comidas estén puntualmente preparadas y servidas en el comedor, que tú podrás utilizar cuando yo haya terminado. Te daré veinte libras al mes para gastos de casa, y esta cantidad te será enviada por mis abogados el primer día de cada mes. Mis abogados están preparando los papeles del divorcio. Voy a divorciarme de ti y no podrás alegar nada en contra. Un detective me ha proporcionado pruebas que serán empleadas contra ti. El juicio se celebrará dentro de un año, cuando haya terminado mi destino en Bermuda. Mientras tanto, nos comportaremos en público como un matrimonio normal".

»Masters se metió las manos en los bolsillos y la miró de una manera cortés. En ese momento, las lágrimas corrían por el rostro de la joven. Parecía aterrorizada, como si alguien le hubiera estado pegando. Masters le preguntó con indiferencia: "¿Hay algo más que quieras saber? En caso contrario, será mejor que recojas tus cosas de aquí y que te las lleves a la cocina". Masters miró su reloj y añadió: "Me gustaría cenar todos los días a las ocho. Ahora son las siete y media".

El gobernador hizo una pausa y tomó un trago de whisky. Después prosiguió:

—He intentado reunir toda esta historia con lo poco que me contó Masters y con otros detalles que Rhoda Masters le contó a lady Burford. Al parecer, Rhoda Masters intentó conmoverle de todos los modos posibles: discusiones, súplicas, ataques de nervios. Él siguió sin alterarse. Sencillamente, ya no le afectaba. Era como si él hubiera desaparecido y hubiera enviado en su nombre a otra persona a mantener aquella extraordinaria entrevista. Y, al final, ella tuvo que aceptarlo. No tenía dinero, ni tampoco medio alguno de comprar un pasaje para Inglaterra. Si quería tener alojamiento y comida, tenía que hacer lo que él le había ordenado. Y eso fue lo que hizo. Durante un año vivieron así, tratándose el uno a otro de manera educada en público, pero en completo silencio y separados cuando estaban solos. Por supuesto, a todos nos sorprendió mucho aquel cambio. Ninguno de ellos contó nada sobre el acuerdo. Ella se hubiera sentido avergonzada y no había razón alguna para que Masters lo contara. A nosotros nos parecía algo más retraído que antes, pero su trabajo era excelente y todos suspiramos con alivio y pensamos que, debido a algún milagro, el matrimonio se había salvado. Ambos consiguieron una gran credibilidad y se convirtieron en un matrimonio popular, y todo quedó perdonado y olvidado.

»Transcurrió un año y a Masters le llegó la hora de partir. Dijo a todo el mundo que Rhoda se quedaría para cerrar la casa y asistieron a las habituales fiestas de despedida. A todos nos sorprendió un poco que no fuera a despedirlo al barco, pero ella se disculpó diciendo que no se encontraba bien. Al cabo de un par de semanas, empezaron a llegar noticias sobre su divorcio desde Inglaterra. Entonces Rhoda Masters se presentó en la residencia del gobernador y mantuvo una larga conversación con lady Burford, y poco a poco le contó todo el asunto, incluyendo el terrible capítulo que viene a continuación.

El gobernador se bebió de un trago lo que quedaba de whisky. El hielo cayó al fondo del vaso con ruido cuando volvió a dejarlo en la mesa. Después continuó:

—Al parecer, el día anterior a su partida, Masters encontró una nota de su mujer en el cuarto de baño. Decía que necesitaba verle y hablar con él por última vez antes de que la abandonara para siempre. Varias veces antes le había dejado notas como aquélla y Masters siempre las había roto, dejando después los trozos sobre el lavabo. Esta vez garabateó una nota, citándola en el salón a las seis de la tarde. Cuando llegó la hora, Rhoda Masters entró dócilmente desde la cocina. Hacía tiempo que había descartado hacer escenas emotivas o lanzarse a pedirle compasión. Permaneció en silencio y le dijo que sólo le quedaban diez libras de la asignación mensual para la casa y que eso era todo lo que tenía en el mundo. Cuando él se fuera, ella se quedaría en la miseria.

»—Tienes las joyas que te regalé y la capa de piel.

»—Con suerte me podrían dar cincuenta libras por ellas.

»—Tendrás que trabajar.

»—Tardaré mucho en encontrar algo y tengo que vivir en algún sitio. He de dejar la casa en quince días. ¿No me vas a dar nada? Me moriré de hambre.

»Masters la miró con frialdad.

»—Eres muy hermosa. No te morirás de hambre.

»—Tienes que ayudarme, Philip. Tienes que hacerlo. No le vendrá nada bien a tu carrera que vaya a pedir limosna a la residencia del gobernador.

»Ningún objeto de la casa les pertenecía, excepto algunas cosillas. La habían alquilado con muebles. El propietario había ido una semana antes y había comprobado el inventario. Sólo tenían el coche, un Morris que Masters había comprado de segunda mano, y un aparato de radio, que había adquirido como último recurso para intentar entretener a su mujer antes de que se aficionara al golf.

Philip Masters la miró por última vez. Ya no la vería nunca más. Le dijo:

»—De acuerdo. Puedes quedarte el coche y la radio. Y se acabó. Tengo que hacer el equipaje. Adiós.

»Salió por la puerta y subió a su habitación.

El gobernador observó a Bond.

—Por lo menos tuvo ese pequeño gesto, ¿verdad?

El gobernador sonrió amargamente.

—Una vez que se hubo marchado y Rhoda Masters se quedó sola, tomó el coche y su anillo de pedida, sus baratijas y la estola de piel de zorro, y se fue a Hamilton, a los prestamistas. Al final, le dieron cuarenta libras por las joyas y siete por el trozo de piel. Después se dirigió a la tienda de coches cuyo nombre figuraba en el salpicadero y pidió ver al director. Al preguntarle cuánto le darían por el Morris, éste pensó que le estaba tomando el pelo.

»—Pero, señora, el señor Masters ha comprado el coche a plazos y todavía nos debe bastantes letras. Seguramente le habrá informado que hace una semana tuvimos que enviarle una carta de nuestro abogado, pues nos hemos enterado de que se va. Él nos respondió diciendo que usted vendría a ultimar las gestiones necesarias. Vamos a ver —cogió un archivador y rebuscó entre las fichas—. Sí, exactamente nos debe doscientas libras.

»—Bueno, claro.

»Rhoda Masters se echó a llorar y al final el director aceptó quedarse con el coche, aunque no valía ya doscientas libras, pero insistió en que lo dejara allí inmediatamente, con gasolina en el depósito y todo. Rhoda Masters no pudo hacer otra cosa que aceptar y agradecerle que no presentara una demanda judicial, y salió del garaje. Mientras caminaba por la calurosa calle, se dio cuenta de lo que la esperaba en la tienda de aparatos de radio. Y tenía razón. Ocurrió lo mismo, sólo que esta vez le costó diez libras convencer al empleado para que aceptara el aparato. La llevaron a casa y la dejaron a una distancia suficiente para poder llegar andando al bungaló. Allí se echó en la cama y se pasó el resto del día llorando. Era una mujer derrotada. Philip Masters le había dado la puntilla.

El gobernador hizo una pausa.

—Algo realmente increíble. Un hombre como Masters, afectuoso y sensible, que normalmente no haría daño a una mosca. Y allí estaba, llevando a cabo una de las acciones más crueles que jamás he visto. Era la confirmación de mi teoría.

El gobernador esbozó una ligera sonrisa.

—Fueran cuales fueran sus pecados, si ella le hubiera dado esa parte de cariño, él nunca se hubiese comportado de esa manera. Pero de esa forma, despertó en él una crueldad animal, una crueldad que quizás se encuentra oculta en lo más profundo de nosotros y que sólo una amenaza contra nuestra existencia puede hacerla aflorar a la superficie. Masters quería hacer sufrir a la joven, no tanto como él había sufrido, porque eso era imposible, pero lo máximo que podía. Y ese falso gesto que había tenido con el coche y la radio era la última y diabólica acción que le recordaría, incluso después de marcharse, cuánto la odiaba y cuánto había deseado hacerla sufrir.

—Debió de ser una experiencia traumatizante —dijo Bond—. Es asombroso el daño que pueden hacerse las personas. Me está empezando a dar pena la chica. ¿Qué le pasó al final, y a él?

El gobernador se levantó y miró el reloj.

—Cielo santo, si ya son casi las doce. Y he tenido al servicio levantado todo este tiempo —sonrió—, y también a usted.

Se acercó a la chimenea y tocó un timbre. Un mayordomo negro apareció al instante. El gobernador le pidió excusas por mantenerle levantado y le dijo que cerrara con llave y apagara las luces. Bond se levantó. El gobernador se volvió hacia él.

—Venga conmigo y le contaré el final de la historia. Le acompañaré al jardín y me aseguraré de que el centinela le deja salir.

Caminaron a través de los amplios salones y bajaron los anchos escalones hasta el jardín. Hacía una noche espléndida y la luna llena asomaba en lo alto, a través de las delgadas y altas nubes.

El gobernador prosiguió:

—Masters continuó en el Servicio, pero ya nunca fue el mismo de antes. Después del asunto de Bermuda, algo pareció romperse dentro de él. Aquella experiencia había matado una parte de él. Era un hombre mutilado. En gran medida era culpa suya, por supuesto, pero imagino que lo que le había hecho a la joven se quedó dentro de él y quizás le obsesionaba. Desempeñaba bien su trabajo, pero en cierta manera había perdido el toque humano y poco a poco fue enmudeciendo. Por supuesto, nunca más volvió a casarse y al final lograron apartarle de su destino; cuando no le quedó nada, se retiró y se fue a vivir a Nigeria, volvió con la única gente del mundo que le había mostrado un poco de afecto, y regresó al lugar donde todo había empezado. Un poco trágico, realmente, cuando pienso cómo era de joven.

—¿Y la muchacha?

—¡Ah! Lo pasó bastante mal. Hicimos una colecta para ella y trabajó en algunas cosillas que le consiguieron por caridad. Intentó volver a su antigua profesión de azafata, pero tal como había roto su contrato con Imperial Airways, le resultó imposible. En aquella época había pocas compañías aéreas y sobraban candidatas para los pocos puestos de azafatas que había vacantes. Los Burford fueron destinados a Jamaica a finales de aquel año y se quedó sin su principal apoyo. Tal como le he contado, lady Burford siempre había sentido debilidad por ella. Rhoda Masters estaba casi en la miseria. Todavía era hermosa y algunos hombres la estuvieron manteniendo durante cierto tiempo; pero no se puede estar siempre de ronda en un sitio tan pequeño como Bermuda, y estuvo a punto de convertirse en una ramera y de meterse en líos con la policía, cuando de nuevo la Providencia volvió a aparecer y decidió que ya había cumplido suficiente castigo.

Recibió una carta de lady Burford, junto con un billete para Jamaica, en la que le decía que le había conseguido un trabajo como recepcionista en el hotel Blue Hills, uno de los mejores de Kingston. De modo que se fue, y me imagino, pues yo entonces había sido trasladado a Rhodesia, que Bermuda descansaría tranquila al no volver a verla.

El gobernador y Bond llegaron a las grandes verjas de entrada a la residencia. Detrás de ellos brillaba, bajo la luz de la luna, el revoltijo de calles estrechas, blancas, negras y rosas, con bellas casas de tablillas con tejados marrones y balcones, que era Nassau.

Con un terrible estrépito, el centinela se cuadró ante ellos y presentó armas. El gobernador levantó una mano:

—Muy bien. Descanse.

Y otra vez se puso en marcha y todo quedó en silencio.

El gobernador se dirigió a Bond y le dijo:

—Y aquí termina la historia, si no es por un último guiño del destino. Cierto día, un millonario canadiense apareció por el hotel Blue Hills para pasar el invierno. Una vez transcurrida la temporada, se llevó a Rhoda Masters a Canadá y se casó con ella. Desde entonces vive a cuerpo de rey.

—Caramba. Menudo golpe de suerte. La verdad es que no se lo merecía mucho.

—Supongo que no. Aunque nunca se sabe. La vida es un misterio. Quizás el destino creyó que ya había pagado todo el daño que le había hecho a Masters. Quizás el padre y la madre de Masters fueron los verdaderos culpables, pues hicieron de él un hombre proclive a los percances. De forma inevitable, se vio envuelto en aquel fracaso emocional para el que había estado condicionado. El destino eligió a Rhoda Masters como instrumento. Ahora ese mismo destino la ha recompensado por sus servicios. Resulta difícil juzgar esas cosas. En fin, que hizo muy feliz a su canadiense. Creo que esta noche parecían muy felices.

Bond se echó a reír. De repente la espectacular emoción de su vida le pareció muy falsa. El asunto de los rebeldes de Castro y el incendio de los yates eran como la columna de noticias de aventuras en un periódico barato. Había estado sentado junto a una mujer aburrida en una aburrida cena y un oportuno comentario le había abierto el libro de la auténtica emoción, la de la Comedia Humana, donde las pasiones humanas son crudas y reales, donde el destino juega un papel más auténtico que cualquier conspiración del Servicio Secreto diseñada por los gobiernos.

Bond miró de frente al gobernador y le tendió la mano.

—Gracias por contarme esta historia —dijo—. Y debo pedirle disculpas. Pensé que la señora Harvey Miller era aburrida y gracias a usted nunca la olvidaré. Tengo que fijarme más en las personas. Me ha dado usted una lección.

Se estrecharon las manos. El gobernador sonrió.

—Me alegro de que la historia le haya interesado. Tenía miedo de aburrirle. Usted lleva una vida emocionante. A decir verdad, casi me vuelvo loco buscando un tema de conversación para después de la cena. La vida en las colonias es muy rutinaria.

Se despidieron, y Bond caminó por la tranquila calle que bajaba hasta el puerto, hacia el Hotel British Colonial. Pensaba en la reunión que iba a mantener al día siguiente en Miami con los representantes del Servicio de Guardacostas y el FBI. Aquello, que hasta entonces le parecía interesante, y que incluso le había producido cierta intriga, ahora le resultaba aburrido y banal.

Máximo riesgo

—Es un negocio de máximo riesgo.

Las palabras brotaron en voz baja a través del grueso bigote. Los negros y duros ojos recorrieron lentamente el rostro y las manos de Bond, que rompía en pedacitos una cerilla de papel en la que estaba escrito *Albergo Colomba d'Oro*.

James Bond notó cómo le inspeccionaba. Había estado examinándole a hurtadillas desde que se encontraron hacía dos horas en el bar del Excelsior. A Bond le habían dicho que tenía que buscar a un hombre con un gran bigote que estaría sentado solo tomando un Alexandra. Le había hecho mucha gracia esta señal secreta de reconocimiento. La cremosa y femenina bebida era mucho más acertada que el periódico doblado, la flor en el ojal y los guantes amarillos, que eran los antiguos y olvidados signos de los agentes secretos. También tenía el enorme mérito de que podía funcionar sola, sin su propietario. Y Kristatos había empezado con un pequeño examen. Cuando Bond entró en el bar mirando a su alrededor, habría allí unas veinte personas y ninguna de ellas llevaba bigote. Pero en una mesa situada en la esquina más alejada de la alargada y discreta sala, escoltado por un platillo de aceitunas y otro de anacardos, había un vaso alargado de vodka con nata. Bond se dirigió directamente hacia la mesa, retiró una silla y se sentó.

El camarero se acercó.

—Buenas noches, señor. El señor Kristatos está hablando por teléfono.

Bond asintió con la cabeza.

—Un Negroni, con Gordon, por favor.

El camarero volvió a la barra.

—Un Negroni, con Gordon.

—Lo siento muchísimo.

La enorme mano peluda levantó la pequeña silla como si fuera una caja de cerillas y la colocó debajo de sus gruesas caderas.

—Tenía que hablar con Alfredo.

No se dieron la mano. Eran viejos conocidos. Y, probablemente, trabajaban en lo mismo. Negocios de importación y exportación. El más joven parecía americano. No. Con esa ropa, no. Inglés.

Bond le devolvió la pelota.

—¿Cómo sigue su hijo?

Los negros ojos del señor Kristatos se encogieron. Sí, le habían dicho que era un profesional. Extendió las manos.

—Más o menos igual. No se puede hacer nada.

—Es terrible la polio.

Sirvieron el Negroni. Los dos hombres se volvieron a sentar cómodamente, satisfechos ambos de poder tratar con alguien de su misma profesión. No era lo habitual en «el juego». Cuántas veces, incluso antes de comenzar una misión en tándem como ésta, se perdía la confianza en el resultado. Ocurría con harta frecuencia, al menos en la imaginación de Bond, notar un cierto olor a chamusquina en ese tipo de entrevistas. Lo sabía porque el borde del tapete empezaba a arder. En un momento dado, el tejido explotaría en llamas y él estaría *brûlé**. Después el juego terminaría y tendría que decidir si se retiraba o si se quedaba esperando a que alguien le pegara un tiro. Pero en esta entrevista no se había producido ningún lío.

Según transcurría la noche en el pequeño restaurante la *Colomba d'Oro*, situado cerca de la Plaza de España, Bond comprobó divertido que todavía lo estaban probando. Kristatos seguía observándole y examinándole, preguntándose si sería digno de su confianza. Aquella observación sobre el negocio peligroso demostraba que Kristatos admitía que existían negocios entre los dos. Bond se sintió animado. Realmente no confiaba en Kristatos. Pero todas esas precauciones sólo podían significar que la intuición de M era cierta: Kristatos sabía algo importante.

Bond tiró el último trocito de cerilla dentro del cenicero y dijo tranquilamente:

—Una vez me dijeron que cualquier negocio que tenga un beneficio de más de un diez por ciento, o que se haga después de las diez de la noche, es un negocio peligroso. El negocio que nos ha reu-

* Quemado. En francés en el original. *(N. de la T.)*

nido aquí tiene un beneficio de un mil por ciento y se hace exclusivamente por la noche. Teniendo en cuenta ambas cosas, obviamente es un negocio peligroso.

Bond bajó la voz.

—Hay dinero disponible. Dólares, francos suizos, bolívares venezolanos, de todo.

—Me alegra saberlo. Tengo muchas liras.

El *signor* Kristatos cogió la carta.

—Pero tenemos que comer algo. No se pueden hacer buenos negocios con el estómago vacío.

Una semana antes, M había mandado llamar a Bond. Parecía de mal humor.

—¿Tiene algo entre manos, 007?

—Sólo papeles, señor.

—¿Qué significa eso de sólo papeles? —M sacudió la pipa sobre el cenicero lleno—. ¿Quién no tiene papeles?

—Quiero decir ningún trabajo activo, señor.

—Bueno, eso es otra cosa.

M cogió un montón de carpetas de color rojo oscuro atadas con cinta y se las lanzó con tanta rapidez por encima de la mesa que Bond tuvo que cogerlas al vuelo.

—Pues aquí tiene más papeles. La mayoría de ellos de Scotland Yard, del departamento de narcóticos. Expedientes del Ministerio del Interior y del Ministerio de Sanidad, y algunos excelentes informes del Control Internacional de Opio, de Ginebra. Lléveselos y écheles un vistazo. Le llevará todo el día y gran parte de la noche. Mañana volará usted a Roma y empezará a buscar a los peces gordos. ¿Está todo claro?

Bond dijo que sí. Ahora se explicaba el mal humor de M. No había nada que le fastidiara más que tener que destinar a su personal a misiones distintas de sus tareas específicas. Su misión era el espionaje y, si era necesario, el sabotaje y la subversión. Cualquier otro tema era abusar del Servicio y de los fondos reservados que, Dios era testigo, eran ya bastante escasos.

—¿Alguna pregunta?

La mandíbula de M parecía la proa de un barco indicándole a Bond que cogiera las carpetas, se largara de la oficina y le dejara ocuparse de asuntos más importantes.

Bond sabía que una parte de todo esto, una pequeña parte, era teatro. M tenía algunas manías. Eran conocidas en el Servicio y M lo sabía. Pero eso no significaba que dejaran de preocuparle. Estaba el problema de la utilización inadecuada del Servicio y la búsqueda de la verdad de forma diferente a la voluntariosa inteligencia. Luego, el problema de las actitudes, como no utilizar hombres con barba, o completamente bilingües, hombres que abandonaban instantáneamente y que intentaban presionarle por medio de relaciones familiares con los miembros del gobierno, hombres o mujeres recelosos, demasiado «elegantes», y aquellos que le llamaban «señor» cuando estaban fuera de servicio; y tener una fe ciega en los escoceses. Pero M era irónicamente consciente de sus obsesiones, igual que, pensó Bond, Churchill o Montgomery eran conscientes de las suyas. No le importaba el farol, pues en parte eso es lo que era, de ser visitado por cualquiera de ellos. Además, a él nunca se le hubiera ocurrido enviar a Bond a una misión sin haberle informado bien antes.

Bond era consciente de todo aquello y le dijo con calma:

—Un par de cosas, señor. ¿Por qué vamos a meternos en este asunto y qué autoridad tiene la Base I sobre la gente implicada en el tema?

M miró a Bond de forma penetrante y mordaz. Giró la silla hacia un lado para poder contemplar, a través del amplio ventanal, las altas nubes de octubre empujadas por el viento. Cogió la pipa, sopló sobre ella con fuerza y después, como si con ello se hubiera desahogado, volvió a dejarla suavemente sobre la mesa. Cuando empezó a hablar, su voz era calmada y razonable.

—Como usted podrá imaginar, 007, no deseo que el Servicio se vea involucrado en este asunto de drogas. A principios de este año, tuve que relevarle de sus tareas durante quince días para que pudiera ir a México a capturar aquel cultivador mexicano. Casi le matan. Le envié para hacer un favor al Departamento de Servicios Especiales. Cuando volvieron a pedirme que le enviara para tratar con esa banda italiana, yo me negué. Ronnie Vallance fue por detrás al Ministerio del Interior y al Ministerio de Sanidad. Los ministros me obligaron, diciéndome que le necesitaban allí y que no podían prescindir de nadie más. Después los dos ministros fueron a ver al primer ministro. —M hizo una pausa—. Y eso fue lo que pasó. Tengo que reconocer que el primer ministro estuvo muy convincente. Están de acuerdo en que la heroína, en las cantidades que han estado introduciendo, es un instrumento de guerra psicológica que socava la fuerza de un país. Dijo que no le sorprendería que fuera algo más que una banda de italianos deseosos de enriquecerse, sino que detrás de todo eso había subversión y no dinero.

M sonrió amargamente.

—Creo que Ronnie Vallance también era de la misma opinión. Aparentemente, la gente de narcóticos ha estado trabajando intensamente contra el tráfico, intentando que no llegue a los jóvenes, tal como ha ocurrido en América. Al parecer, las discotecas y los centros de diversión están llenos de «camellos». La Brigada Invisible de Vallance ha logrado llegar hasta uno de los intermediarios, y no hay ninguna duda de que todo viene de Italia, escondido en coches de turistas italianos. Vallance ha hecho todo lo posible a través de la policía italiana y la Interpol y no ha conseguido nada. Lo máximo que hacen es llegar hasta las fuentes de información, arrestar a unas cuantas personas, y luego, cuando parece que han llegado al meollo, se encuentran con una barrera. El círculo interior de distribuidores o bien tiene demasiado miedo o está muy bien pagado.

Bond le interrumpió.

—Quizás cuentan con algún tipo de protección, señor. Aquel asunto de Montesi no parecía tan bueno.

M se encogió de hombros con impaciencia.

—Quizás, quizás. Y tendrá que tener cuidado también con eso, pero tengo la impresión que el caso Montesi tuvo como resultado que se llevara a cabo una gran limpieza. De todos modos, cuando el primer ministro me dio la orden de que nos encargáramos del asunto, se me ocurrió que deberíamos hablar con Washington. La CIA nos ayudó mucho. Como ya sabe, la Oficina de Narcóticos tiene un grupo en Italia. Lo mantiene allí desde la guerra. No tiene nada que ver con la CIA, está bajo el mando del Departamento del Tesoro norteamericano. El Tesoro controla una especie de Servicio Secreto que vigila el contrabando de drogas y la fabricación de dinero falso. Vaya lío de gestiones. A menudo me pregunto lo que pensará el FBI de todo eso.

M volvió a girar la silla, separándola de la ventana. Entrelazó las manos por detrás de su cabeza y se echó hacia atrás, mirando a Bond por encima de la mesa.

—La cuestión es que la Base de la CIA en Roma trabaja estrechamente con este pequeño grupo de narcóticos. Tiene que hacerlo si quiere evitar el cruce de líneas y demás. Y la CIA, en realidad el propio Alan Dulles, me ha proporcionado el nombre del principal agente de narcóticos que utiliza la Oficina. Al parecer es un doble agente. Como pantalla hace un poco de contrabando. Un tipo llamado Kristatos. Dulles dijo que, evidentemente, no puede implicar a su gente de ninguna manera y que estaba completamente seguro de que al Departamento del Tesoro no le haría ninguna gracia que su Oficina de Roma trabajara con nosotros. Pero también manifestó que, si yo quería, le diría a ese Kristatos que uno de nuestros... mejores hombres desearía ponerse en contacto con él con vistas a hacer negocios. Le respondí que se lo agradecía mucho y ayer me prometieron que la cita ha quedado fijada para pasado mañana.

M señaló las carpetas que estaban delante de Bond.

—Ahí encontrará todos los detalles.

Se produjo un breve, silencio en la habitación. Bond pensó que todo ese asunto tenía una apariencia desagradable, probablemente peligrosa y, con toda seguridad, sucia. Con este último adjetivo en la mente, Bond se levantó y cogió las carpetas.

—Muy bien, señor. Esto huele a dinero. ¿Cuánto estamos dispuestos a pagar para terminar con el tráfico?

M dejó que la silla volviera otra vez a su sitio. Puso las manos extendidas sobre la mesa, una junto a otra, y dijo bruscamente:

—Cien mil libras. En cualquier moneda. Es la cifra que nos ha dado el primer ministro. Pero no quiero que le hagan daño. De ningún modo, y menos aún para sacarle las castañas del fuego a otros. De manera que puede pagar cien mil más si se encuentra en peligro. La droga es el círculo más grande y estrecho del crimen.

M sacó una carpeta con señales. Sin levantar la vista, le dijo:

—Tenga cuidado.

El *signor* Kristatos repasó el menú y dijo:

—No voy a andarme con rodeos, señor Bond. ¿Cuánto?

—Cincuenta mil libras por un ciento por ciento de resultados.

Como quien no quiere la cosa, Kristatos expuso:

—Sí. Es una cantidad razonable. Tomaré melón con jamón y un helado de chocolate. No suelo cenar mucho. Esta gente tiene su propio Chianti, se lo recomiendo.

El camarero se acercó y hablaron un poco en italiano. Bond pidió tallarines verdes con salsa genovesa, que según Kristatos era poco probable que tuviera albahaca, ajo y piñas de abeto.

Una vez se hubo marchado el camarero, Kristatos se sentó y empezó a mordisquear un palillo de madera. Su rostro fue adquiriendo gradualmente un aspecto sombrío y taciturno, como si el mal tiempo hubiera invadido su ánimo. Sus negros y penetrantes ojos brillaban, mirando sin cesar por todo el restaurante, sin fijarse en Bond. Éste creyó adivinar que Kristatos se estaba preguntando si iba o no a traicionar a alguien. Bond le dijo, alentándole:

—En determinadas circunstancias, incluso podría llegar a una cifra más alta.

Kristatos pareció salir de dudas y exclamó:

—¿Es cierto eso?

Empujó la silla hacia atrás y se levantó.

—Tengo que ir al servicio.

Se dio la vuelta y se alejó a paso ligero hacia la parte de atrás del restaurante.

De repente, Bond sintió hambre y sed. Se sirvió un gran vaso de Chianti y bebió la mitad. Cogió un panecillo y empezó a comérselo, untando los trozos con abundante mantequilla. Se preguntó por qué razón los panecillos y la mantequilla sólo son tan buenos en Francia y en Italia. No pensaba en nada más. Únicamente tenía que esperar. Confiaba en Kristatos. Era un hombre alto y fuerte que tenía la confianza de los norteamericanos. Probablemente estaría haciendo alguna llamada telefónica importante. Bond estaba de buen humor. Observó a los transeúntes a través de la ventana. Un hombre en bicicleta vendía el periódico del partido. Sobre el cesto colocado delante del manillar llevaba un banderín. En letras rojas y blancas se podía leer: *PROGRESSO? —SI! —AWENTURI? —NO!* Bond sonrió. Esa era la cuestión. Ojalá ocurriera eso durante toda la misión.

En el lado más alejado de la sencilla sala cuadrada, en la mesa de la esquina junto a la caja, una joven rubia y regordeta con la boca grande hablaba con un hombre, con aspecto de gustarle la buena vida, que estaba inclinado sobre un plato de espaguetis:

—Tiene una sonrisa dura. Pero es muy guapo. Los espías no suelen ser tan guapos. ¿Está seguro, Täubchen?

El hombre cortó los espaguetis con los dientes y se limpió la boca con una servilleta que ya estaba manchada de salsa de tomate, eructó ruidosamente y exclamó:

—Santos nunca se equivoca en ese tipo de cosas. Tiene olfato para los espías. Por eso está encargado de seguir siempre a ese bastardo de Kristatos. ¿Y quién sino un espía pasaría la noche con ese cerdo? Pero debemos asegurarnos.

El hombre sacó del bolsillo uno de esos artilugios baratos de hojalata que a veces venden con los sombreros de papel y los silbatos en carnaval. Lo hizo sonar con fuerza. El maître, que estaba al otro lado del comedor, dejó lo que tenía entre manos y se acercó corriendo a él.

—Sí, *padrone**.

El hombre le hizo una seña. El maître se inclinó y escuchó las órdenes que le daba en voz baja. Después asintió brevemente con la cabeza y se dirigió hacia una puerta que había cerca de las cocinas, en la que había un letrero que ponía UFFICIO, la cruzó y la cerró detrás de él.

Paso a paso, con una serie de movimientos precisos, empezó a desarrollarse con toda tranquilidad una escena que había sido perfeccionada a lo largo de mucho tiempo. El hombre sentado junto a la caja seguía comiendo espaguetis mientras observaba con atención cada paso de la operación, como si se tratara de una partida de ajedrez.

* Dueño, amo. En italiano en el original. *(N. de la T.)*

El maître apareció por la puerta donde ponía *UFFICIO* y cruzó a toda prisa el restaurante, gritando en voz alta a su segundo:

—Una mesa más para cuatro. Inmediatamente.

El segundo le miró y asintió con la cabeza. Después siguió al maître hasta un lugar cercano a la mesa de Bond, chasqueó los dedos pidiendo ayuda, cogió una silla de una mesa, otra de otra mesa y, con una inclinación de cabeza y pidiendo excusas, cogió la silla que quedaba libre en la mesa de Bond. El maître llevó una cuarta silla hacia la puerta con el letrero de *UFFICIO*. La colocó formando un cuadrado junto a las demás, y dispusieron una mesa en el centro, vasos y cubiertos. El maître frunció el ceño:

—Pero ha puesto una mesa para cuatro. Le he dicho que para tres, para tres personas.

Tranquilamente, cogió la silla que había colocado junto a la mesa y la volvió a poner en la mesa de Bond. Después, con un movimiento de la mano, despidió a sus ayudantes, y todos siguieron con sus tareas.

El inocente frenesí de movimientos del restaurante había durado alrededor de un minuto. Un ingenuo grupo de tres italianos entró en el restaurante. El maître les saludó personalmente y con una inclinación de cabeza los acompañó a la nueva mesa, y el ejercicio terminó.

Bond apenas se dio cuenta de la escena. Kristatos volvió, les llevaron los platos y empezaron a cenar.

Mientras comían hablaron de temas sin importancia: las elecciones de Italia, el último modelo de Alfa Romeo, los zapatos italianos en comparación con los ingleses. Kristatos se expresaba bien y parecía conocer los entresijos de cada tema. Proporcionaba información de una forma tan despreocupada que no parecía que estuviera tirándose un farol. Hablaba un inglés algo particular, intercalando frases en otros idiomas. Resultaba una mezcla muy animada. Bond se sentía interesado y lo estaba pasando estupendamente. Kristatos era una persona muy informada, un hombre valioso. A Bond no le extrañaba que el Servicio de Inteligencia norteamericano le encontrara muy útil.

Sirvieron el café. Kristatos encendió un delgado puro negro y siguió hablando mientras fumaba, con el cigarro subiendo y bajando entre sus finos labios. Puso las manos extendidas sobre la mesa delante de él. Miró al mantel entre los dos y dijo en voz baja:

—Este *pizniss* lo haré con usted. Hasta ahora sólo he hecho negocios con los norteamericanos. A ellos no les he contado lo que voy a decirle a usted. No tenía por qué hacerlo. Esta organización no funciona con Norteamérica. Estas cosas están muy vigiladas. Esta organización sólo funciona con Inglaterra. ¿De acuerdo? *Capito?**

—Ya comprendo. Cada uno tiene su propio territorio, es lo normal en estos casos.

* «¿Entendido?» En italiano en el original. *(N. de la T.)*

—Exacto. Ahora, antes de que le proporcione la información, como buenos comerciantes, vamos a establecer las condiciones. ¿De acuerdo?

—Por supuesto.

El *signor* Kristatos examinó el mantel con más detenimiento.

—Quiero diez mil dólares estadounidenses en billetes pequeños, mañana a la hora del almuerzo. Cuando haya desmantelado la organización, quiero otros veinte mil.

Kristatos levantó rápidamente la vista y miró a Bond a la cara.

—No estoy siendo muy ambicioso. No estoy pidiéndole todo el dinero, ¿verdad?

—El precio está bien.

—Bueno. Segunda condición. No podrá usted decir de dónde ha sacado la información. Incluso aunque le torturen.

—De acuerdo.

—Tercera condición. La cabeza de esta organización es un mal hombre. —Kristatos hizo una pausa y miró hacia arriba; sus negros ojos tenían un brillo rojizo. Los labios, resecos, apretados, dejaron el puro para que las palabras pudieran brotar mejor—. Debe ser *destrutto**, tiene que matarlo.

Bond se echó hacia atrás. Miró burlonamente al otro hombre, que estaba ligeramente inclinado sobre la mesa, esperando. De modo que era un asunto de lo más complicado. Una especie de *vendetta*.

---

* «Destruido.» En italiano en el original. *(N. de la T.)*

Kristatos quería un pistolero. Y él no estaba pagando al pistolero, sino que el pistolero le estaba concediendo a él el privilegio de aniquilar a un enemigo. ¡No estaba mal! Esta vez el sobornador probablemente participaba en un gran soborno, utilizando el Servicio Secreto para saldar sus propias cuentas.

Bond le preguntó en voz baja:

—¿Por qué?

El *signor* Kristatos le dijo con indiferencia:

—Sin preguntas no hay mentiras.

Bond se bebió el café. Era la típica historia del gran sindicato del crimen. Sólo se ve la punta del iceberg. Pero ¿a él qué más le daba? Le habían encargado que llevara a cabo una misión concreta. Si su éxito beneficiaba a otros, a nadie le importaba, y menos aún a M. Bond tenía que destruir la organización. Si este hombre anónimo era la organización, estaría cumpliendo las órdenes para destruir al hombre.

—No puedo prometérselo —dijo Bond—. Tiene que entenderlo. Lo único que puedo decirle es que si ese hombre intenta acabar conmigo, yo acabaré con él.

Kristatos cogió un palillo, rasgó el papel y empezó a limpiarse las uñas. Cuando terminó con una mano, levantó la vista y dijo:

—No me gusta apostar en incertidumbres. Esta vez lo haré porque es usted quien me paga y no al contrario. ¿Está claro? De modo que le daré la información. Después se quedará solo. Mañana por la noche tomo el avión para Karachi. Tengo asuntos importantes allí. Sólo puedo darle la información. Luego usted seguirá con la pelota y —tiró el palillo sucio debajo de la mesa— *che sera, sera**.

—De acuerdo.

El *signor* Kristatos acercó su silla a la de Bond. Habló en voz baja y rápidamente. Le dio datos concretos y nombres para documentar su historia. No dudó en un solo hecho ni perdió el tiempo en comentar detalles sin importancia. Era una historia corta y concisa. Había dos mil pistoleros americanos en el país, italo-americanos que habían estado presos y que habían sido expulsados de Estados Unidos. Esos hombres estaban en mala situación. Figuraban en las listas negras de todas las policías y, como estaban fichados, su propia gente estaba harta de emplearlos. Cien de los más violentos habían reunido su dinero, y pequeños grupos de esta élite se habían marchado a Beirut, Estambul, Tánger y Macao, los grandes centros de contrabando del mundo. Muchos de ellos actuaban como correos, y los jefes habían adquirido, a través de representantes, una pequeña y próspera industria farmacéutica en Milán. Los grupos que se encontraban en el extranjero enviaban de contrabando a este centro opio y sus derivados. Utilizaban pequeñas embarcaciones que navegaban por el Mediterráneo, un grupo de auxiliares de vuelo de una compañía de vuelos charter italiana, y, como fuente regular de abastecimiento, el coche preferente del Orient Express,

---

* «Lo que tenga que ocurrir, ocurrirá.» En italiano en el original. *(N. de la T.)*

en el que piezas enteras de tapicería simulada eran montadas en Estambul por personal, sobornado, encargado de la limpieza de trenes. La empresa de Milán, Farmacia Colomba S. A., actuaba como agencia distribuidora y como centro para convertir el opio en heroína. Desde allí los mensajeros, en diferentes tipos de coches, efectuaban un servicio de entrega a los intermediarios en Inglaterra.

Bond le interrumpió.

—Nuestro Servicio de Aduanas ha localizado ese tráfico. No hay ningún recoveco de los coches que no conozcan. ¿Dónde transportan la droga esos tipos?

—Siempre en la rueda de repuesto. Se puede llevar heroína por valor de veinte mil libras en una rueda de repuesto.

—¿Nunca los han capturado, llevando la droga a Milán o sacándola?

—Claro que sí. Muchas veces. Pero están bien entrenados. Y son tipos duros. Nunca hablan. Si los meten en la cárcel, reciben diez mil dólares por cada día que están presos. Si tienen familia, se ocupan de ella. Y si todo sale bien, ganan un montón de dinero. Es una cooperativa. Cada hombre recibe su *tranche del brutto**. Únicamente el jefe obtiene un trozo especial.

—Muy bien. ¿Quién es ese hombre?

El *signor* Kristatos puso su mano junto al puro que tenía en la boca. Con la mano así colocada, habló en voz baja.

---

* «Su trozo del pastel.» En italiano en el original. *(N. de la T.)*

—Es un hombre al que llaman «La Paloma», Enrico Colombo. El dueño de este restaurante. Por eso le he traído aquí, para que pueda verlo. Es el hombre gordo que está sentado con la mujer rubia. En la mesa junto a la caja. Ella es de Viena. Se llama Lisl Baum, una furcia de lujo.

Bond dijo de forma pensativa:

—¿Ah sí?

No necesitó mirar. Se había fijado antes en la chica. Nada más sentarse a la mesa. Todos los hombres del restaurante se habrían fijado. Tenía el aspecto alegre, descarado y directo que se supone que tienen las vienesas, y que raras veces muestran. Aparentaba tener una vivacidad y un encanto que iluminaba aquel rincón de la sala. Llevaba el cabello cortado a lo chico, de un color rubio ceniza; tenía una nariz insolente, una gran boca risueña y llevaba una cinta negra alrededor del cuello. James Bond había visto cómo le miraba de vez en cuando en el transcurso de la noche. Su compañero parecía el tipo de hombre rico, alegre y acomodado, al que a ella le gustaría tener como amante cierto tiempo. La trataría bien. Sería generoso. No habría quejas por ninguna parte. En conjunto, era del agrado de Bond. Le gustaba la gente alegre, abierta, con ganas de vivir. Y puesto que él, Bond, no podía tener a la chica, por lo menos veía que estaba en buenas manos.

Pero ¿qué ocurría? Bond miró alrededor de la sala. La pareja estaba riéndose de algo. El hombre le acarició la mejilla, se levantó y se dirigió a la puerta con el letrero de *UFFICIO*, salió y cerró la puerta. De modo que éste era el hombre que dirigía el tráfico hacia Inglaterra. El hombre a cuya cabeza M había puesto un precio de cien mil libras. El hombre que Kristatos quería que Bond matara. Bien, lo mejor era que siguiera con su misión, Bond miró fijamente a la chica a través de la sala. Cuando ella levantó la cabeza y le miró, él le sonrió. Los ojos de la chica lo recorrieron de arriba abajo, pero era una media sonrisa, como si fuera sólo para ella, sólo con los labios, y cuando sacó un cigarrillo del paquete, lo encendió y echó el humo hacia el techo, hizo un gesto de ofrecimiento con la garganta y el perfil que Bond reconoció como destinado a él.

Se acercaba la hora de la salida del cine. El maître estaba supervisando la limpieza de las mesas libres y el modo en que ponían unas cuantas más. Se produjo la habitual algarabía y ruido de las servilletas sobre la mesa y el tintineo de los vasos y los cubiertos. Bond se dio cuenta vagamente de que la silla libre que había en su mesa había sido retirada para formar una mesa de seis junto a la suya. Empezó a hacer preguntas concretas a Kristatos, las costumbres personales de Enrico Colombo, dónde vivía, la dirección de su empresa en Milán, qué otros negocios tenía. No se dio cuenta del paso de la silla libre desde su mesa hasta otra, y luego hasta otra, hasta que al final pasó a través de la puerta con el letrero de *UFFICIO*. No había razón alguna para que lo hubiera hecho.

Una vez la silla hubo llegado a su despacho, Enrico Colombo despidió al maître y cerró la puerta con llave. Después se dirigió a la silla, levantó el almohadón y lo puso sobre la mesa. Abrió la cremallera que tenía en un lado y sacó un magnetófono Grundig, paró el aparato, rebobinó la cinta, la sacó, la puso en play-back y ajustó el volumen y la velocidad. Después se sentó junto a la mesa, encendió un cigarrillo y permaneció escuchando, ajustando de vez en cuando el sonido y repitiendo trozos de la grabación. Al final, cuando la débil voz de Bond dijo «¿Ah, sí?» y se oyó un largo silencio interrumpido por ruidos de fondo del restaurante, Enrico Colombo apagó el aparato y se quedó sentado mirándolo. Permaneció así durante un minuto entero. Su rostro sólo traslucía una enorme concentración en sus pensamientos. Después retiró la vista del aparato y, mirando al vacío, exclamó lentamente en voz alta: «Hijo de perra». Luego se levantó despacio, se dirigió hacia la puerta y abrió la cerradura. Volvió a mirar una vez más al magnetófono y exclamó: «Hijo de perra», esta vez con más énfasis, salió y volvió a la mesa.

Enrico Colombo habló rápidamente con la chica. Ésta asentía con la cabeza y miraba a Bond a través de la sala. Éste y Kristatos se estaban levantando de la mesa. La chica le dijo a Colombo con una voz grave e indignada:

—Eres un asqueroso. Todo el mundo lo sabía y me habían avisado. Tenían razón. Sólo porque me invitas a cenar en tu horrible restaurante te crees con derecho a insultarme con tus repugnantes proposiciones.

La voz de la chica había subido de tono. Cogió el bolso y se levantó. Se quedó de pie junto a la mesa, en el camino que Bond tenía que recorrer hacia la salida.

El rostro de Enrico Colombo estaba negro de indignación. Él también se había levantado.

—Maldita furcia austríaca —apóstrofo.

—No te atrevas a insultar a mi país, asqueroso italiano.

Cogió un vaso de vino a medio llenar y lo lanzó a la cara del hombre. Cuando él se aproximó, la joven retrocedió unos cuantos pasos hacia Bond, que estaba de pie junto a Kristatos esperando cortésmente a que pasara.

Enrico Colombo jadeaba mientras se limpiaba el vino de la cara con una servilleta. Le dijo con rabia a la chica:

—No vuelvas a aparecer por mi restaurante.

Hizo el gesto de escupir en el suelo entre ellos, se volvió y salió por la puerta con el letrero de *UFFICIO*.

El maître había salido corriendo. Toda la gente del restaurante había dejado de comer. Bond cogió a la chica por el codo.

—¿Quiere que la ayude a buscar un taxi?

Ella se soltó y exclamó, todavía indignada:

—Todos los hombres son unos cerdos.

Luego, tratando de ser educada, le dijo de forma ceremoniosa:

—Es usted muy amable.

Y se alejó altanera hacia la puerta mientras los dos hombres la seguían.

Se produjo cierto murmullo en el restaurante y se volvió a oír el ruido de los cuchillos y tenedores. Todos estaban encantados con la escena. El maître, con apariencia solemne, abrió la puerta y le dijo a Bond:

—Le pido disculpas, señor. Es usted muy amable al ofrecerse.

Un taxi se acercó despacio por la calle. Le hizo una seña de que parara en la acera y abrió la puerta.

La chica entró en él. Bond la siguió y cerró la puerta. Después le dijo a Kristatos a través de la ventanilla:

—Le llamaré por teléfono mañana por la mañana. ¿De acuerdo?

Sin esperar su respuesta, se echó hacia atrás. La chica se había sentado en la esquina más alejada.

—¿Adónde le digo que se dirija? —le preguntó Bond.

—Hotel Ambassadori.

Permanecieron un breve tiempo en silencio.

—¿Quiere que antes vayamos a tomar una copa a algún sitio? —le propuso Bond.

—No, muchas gracias. —Dudó—. Es usted muy amable, pero esta noche estoy cansada.

—Quizás otra noche.

—Quizás, pero me voy mañana a Venecia.

—Yo también me dirijo allí. ¿Quiere cenar conmigo mañana por la noche?

La joven sonrió y le dijo:

—Creía que los ingleses eran tímidos. Usted es inglés, ¿verdad? ¿Cómo se llama? ¿A qué se dedica?

—Sí, soy inglés; mi nombre es Bond, James Bond. Soy escritor, escribo libros de aventuras. Ahora estoy escribiendo uno sobre tráfico de drogas. La acción transcurre en Roma y Venecia. El problema es que no estoy bastante informado sobre el tema y estoy recogiendo historias. ¿Sabe usted alguna?

—De modo que por eso estaba usted cenando con ese tipo, Kristatos. Lo conozco. Tiene mala fama. No. No conozco ninguna historia. Sólo sé lo mismo que todo el mundo.

Bond exclamó con entusiasmo:

—Pero eso es exactamente lo que quiero. Cuando digo «historias», no me refiero a la ficción. Me estoy refiriendo a cotilleos de alto nivel que probablemente es lo que más se acerca a la verdad. Eso, para un escritor, vale tanto como los diamantes.

La muchacha soltó una carcajada.

—¿Cómo? ¿Diamantes?

Bond respondió:

—Bueno, no gano tanto dinero escribiendo, pero he vendido los derechos de este relato para hacer una película, y si consigo darle cierta credibilidad, creo que la filmarán.

Extendió la mano y la puso encima de la de ella, en su regazo. Ella no retiró la suya.

—Sí, diamantes. Un broche de diamantes de Van Cleef. ¿Es un trato?

Ella retiró la mano. Estaban llegando al Ambassadori. Cogió el bolso que estaba sobre el asiento junto a ella, se dio la vuelta y se quedó frente a él. El taxista abrió la puerta y la luz de la calle iluminó sus ojos. La chica examinó su rostro con gravedad y le dijo:

—Todos los hombres son unos cerdos, pero unos más que otros. De acuerdo. Nos veremos. Pero no para cenar. Lo que voy a contarle no es para

164

un lugar público. Voy a bañarme todas las tardes al Lido. Pero no a la playa de moda. Suelo ir a los Bagni Alberoni, donde el poeta inglés Byron iba a montar a caballo. Está en el extremo de la península. Podrá llegar hasta allí en el *vaporetto*. Estaré allí pasado mañana, a las tres de la tarde. Voy a tomar el sol por última vez antes de que empiece el invierno. Entre las dunas de arena verá una sombrilla amarillo claro. Y debajo estaré yo. —Sonrió—. Llame a la sombrilla y pregunte por *Fräulein* Lisl Baum.

Salió del taxi. Bond la siguió. Ella le tendió la mano.

—Gracias por acudir en mi ayuda. Buenas noches.

Bond le dijo:

—Entonces a las tres. Allí estaré. Buenas noches.

Se dio la vuelta y subió los escalones curvos del hotel. Bond se quedó mirándola pensativo, después se volvió, se metió en el taxi y le dijo al taxista que le llevara al Nazionale. Se echó hacia atrás y contempló los anuncios de neón por la ventanilla. Las cosas, incluyendo el taxi, iban demasiado rápidas. Lo único que podía controlar era el taxi, de modo que se inclinó hacia delante y dijo al taxista que condujera más despacio.

El mejor tren de Roma a Venecia es el expreso Laguna, que sale diariamente a mediodía. Bond, después de pasar la mañana ocupado en difíciles conversaciones por radio con el Cuartel General de Londres en la Base I, lo cogió de milagro. El

Laguna es un tren elegante y aerodinámico que tiene la apariencia y la fama de ser más lujoso de lo que en realidad es. Los asientos están hechos para italianos de corta estatura y el personal del coche restaurante sufre la misma enfermedad que sus parientes de los grandes trenes de todo el mundo, un auténtico aborrecimiento hacia los viajeros modernos, especialmente hacia los extranjeros. Bond ocupaba un asiento de pasillo situado en el centro del coche trasero de aluminio. Aunque los siete cielos hubieran pasado por su ventana, no les hubiera prestado mayor atención. Mantenía su mirada dentro del tren, leyendo un libro mientras saltaba. Derramó el Chianti sobre el mantel y cambió de sitio sus largas y doloridas piernas, jurando en arameo sobre los *Ferrovie Italiane dello Stato**.

Por fin, apareció Mestre y el ferrocarril atravesó el paisaje como una acuarela del siglo XVIII hasta entrar en Venecia. Después se produjo el inevitable impacto de belleza que nunca decepciona y un lento y suave balanceo bajando por el Gran Canal con dirección a una rojiza puesta de sol, y el inmenso placer de contemplar el Palacio Gritti, en el que Bond había reservado la mejor habitación doble del primer piso.

Aquella noche, repartiendo billetes de mil liras, como hojas en Vallombrossa, James Bond buscó en Harry's, en Florian's y por último en la primera planta del admirable Quadri alguien con quien

---

* Ferrocarriles Italianos del Estado. *(N. de la T.)*

hablar y que pudiera estar interesado en lo que deseaba aparentar delante de la muchacha, un próspero escritor que vivía acomodadamente. Después, con el momentáneo estado de euforia que engendra la primera noche en Venecia, por muy importante y serio que sea el motivo de la visita, James Bond volvió caminando hacia el Gritti, donde durmió ocho horas de un tirón.

Mayo y octubre son los mejores meses para visitar Venecia. El sol calienta suavemente y las noches son frescas. El reluciente paisaje resulta agradable a la vista, y hay una frescura en el aire que le ayuda a uno a soportar largos kilómetros de piedra, terraza y mármol que en verano resultan intolerables para los pies. Y además hay menos gente. Aunque Venecia es la única ciudad del mundo capaz de acoger a cien mil turistas como si fueran mil, ocultándolos en sus callejones y utilizándolos para las escenas de gentíos en las *piazzas*, metiéndolos en sus *vaporetti*, lo mejor es compartir Venecia con el mínimo número posible de visitas organizadas.

Bond pasó la mañana del día siguiente paseando por las callejuelas, con la esperanza de descubrir si alguien iba detrás de él. Visitó un par de iglesias, no para admirar sus interiores, sino para descubrir si alguien lo seguía a través de la puerta principal, antes de salir por el lateral. Nadie lo seguía. Se dirigió a Florian's, pidió un Americano y escuchó a una pareja de esnobs franceses discutir sobre la falta de equilibrio de la fachada de la plaza de San Marcos. De repente tuvo un impulso y compró una postal y se la envió a su secretaria, que una vez había estado en Italia con el Grupo Georgiano y nunca había dejado que Bond lo olvidara. Le escribió:

«Venecia es maravillosa. De momento he contemplado la estación de trenes y la Bolsa. Muy estético y satisfactorio. Esta tarde voy a ver el Sistema de Abastecimiento de Aguas y luego al Scala, a ver una película de Brigitte Bardot. ¿Conoces una maravillosa melodía llamada *O sole mio?* Es muy romántica, como todo lo de aquí. J. B.».

Satisfecho de su inspiración, Bond almorzó temprano y volvió al hotel. Cerró con llave la puerta de su habitación, se quitó el abrigo y cogió la Walther PPK. Puso el seguro, desenfundó la pistola una o dos veces para practicar y volvió a poner el arma en su funda. Era hora de irse. Se dirigió al embarcadero y subió al *vaporetto* de la una menos cuarto, en dirección a Alberoni, fuera de la vista, a través de las lagunas que brillaban como espejos. Después se acomodó en uno de los asientos de la proa y se preguntó qué es lo que iba a pasar.

Desde el espigón de Alberoni, en la parte de la península del Lido que da a Venecia, hay media hora de polvoriento camino hasta la manga de tierra que llega a los Bagni Alberoni, frente al Adriático. Este extremo de la famosa península es un lugar curiosamente desierto. A lo largo de un kilómetro, bajando hacia la estrecha franja de tierra, el auge inmobiliario se ha quedado paralizado y sólo se ven unas pocas villas de estuco resquebrajadas y proyectos de edificios abandonados. No hay más que la pequeña aldea pesquera de Alberoni, un sanatorio para estudiantes, una base experimental abandonada de la Marina italiana y unos cuantos emplazamientos de cañones de la última guerra, taponados con algas. En tierra de nadie, en el medio de esta delgada lengua, se encuentra el campo de golf del Lido, cuyos pardos caminos serpentean a través de las ruinas de antiguas murallas. Poca gente viene a Venecia a jugar al golf, y el proyecto sigue vivo debido al atractivo esnobismo que sirve de reclamo para los grandes hoteles del Lido. El campo de golf está rodeado por una gran alambrada, como si estuviese protegiendo algo de gran valor o secreto, con los amenazadores letreros de «Vietatos» y «Prohibitos». Alrededor de este lugar alambrado, las malezas y las dunas no han sido limpiadas de minas, y entre los oxidados alambres de la valla aparecen letreros que ponen *MINAS, PERICOLO DI MORTE*, debajo de un dibujo de un cráneo sobre dos huesos cruzados. El lugar es extraño y melancólico y contrasta enormemente con el alegre carnaval mundano de Venecia, a menos de una hora de distancia a través de las lagunas.

Después de caminar medio kilómetro por la península hasta llegar a la playa, Bond sudaba ligeramente y permaneció de pie durante un instante debajo de la última acacia de la hilera que bordeaba la polvorienta carretera, para refrescarse mientras se orientaba. Delante de él había un desvencijado arco de madera, en cuya parte central, pintado con desvaída pintura azul, ponía *BAGNI ALBERONI*. Más allá se veían filas de casetas de madera igualmente desvencijadas, luego cien metros de arena y a lo lejos el tranquilo espejo azul del mar. No había ningún bañista y el lugar parecía cerrado, pero después de pasar bajo el arco oyó el débil sonido de una radio con música napolitana. Coca-cola y varias bebidas italianas. Sillas de lona amontonadas contra las paredes, dos patines de pedales y un flotador de niño a medio inflar. El establecimiento parecía tan abandonado que Bond no podía imaginar que pudiera hacer algún negocio incluso en lo mejor de la temporada de verano. Caminó por fuera de las estrechas tablillas hacia la blanda arena caliente y dio la vuelta por detrás de las casetas en dirección a la playa. Luego bajó hacia la orilla del mar. A la izquierda, podía ver la desierta arena que formaba una curva hasta desaparecer cerca de lo que es el Lido propiamente dicho. A la derecha, había medio kilómetro de playa que terminaba en el rompeolas, en la punta de la península. El rompeolas se extendía como un dedo penetrando en el tranquilo mar, y de vez en cuando, en la parte de arriba, aparecían las delgadas tórrelas de los pescadores de pulpos. Detrás de la playa se veían dunas y parte de la alambrada que rodeaba el campo de golf. En el borde de las dunas, a una distancia de unos quinientos metros, se distinguía una motita de color amarillo brillante.

Bond empezó a caminar sobre la marca que la marea había dejado sobre la arena.

—Ejem.

Las manos se dirigieron a la parte alta del bikini, subiéndoselo. Bond se colocó dentro de su campo de visión y permaneció mirando hacia bajo. La resplandeciente sombra del parasol sólo le cubría el rostro. El resto, un cuerpo bronceado con un bikini negro sobre una toalla de rayas blancas y negras, estaba tendido al sol.

Miró hacia él a través de los párpados semicerrados.

—Llega con cinco minutos de antelación, y le dije que llamara.

Bond se sentó junto a ella a la sombra del enorme parasol. Sacó un pañuelo y se limpió el rostro.

—Al parecer, tiene la única palmera de todo el desierto. Tengo que meterme debajo inmediatamente. Es un lugar infernal para una cita.

Ella se echó a reír.

—Soy como Greta Garbo. Me gusta estar sola.

—¿Estamos solos?

La joven abrió los ojos de par en par.

—¿Por qué no? ¿O cree que debía haber traído a una carabina?

—Puesto que piensa que todos los hombres son unos cerdos…

—¡Ah! Pero usted es un cerdo caballero. —Rió—. Un cerdo lord. Y además, hace demasiado calor. Y hay demasiada arena. Aparte de esto, es una entrevista de negocios, ¿no? Voy a contarle unas cuantas historias sobre drogas y usted me dará un broche de diamantes. De Van Cleef. ¿O ha cambiado de idea?

—No. Ése fue el trato. ¿Por dónde empezamos?

—Usted hace las preguntas. ¿Qué es lo que quiere saber?

171

La joven se sentó y colocó las rodillas junto a su cuerpo y las rodeó con los brazos. Sus ojos habían dejado de coquetear y ahora estaban atentos, y quizás algo temerosos.

Bond notó el cambio. Le dijo despreocupadamente, mientras la observaba:

—Dicen que su amigo Colombo es un hombre importante en todo este asunto. Hábleme de él. Sería un buen personaje para mi libro, disfrazado, por supuesto. Pero lo que yo necesito son los detalles. Cómo trabaja y todo eso. Esas cosas no se las puede inventar un escritor.

La joven entornó los ojos y respondió:

—Enrico se enfadaría mucho si se entera de que voy contando sus secretos. No sé lo que me haría.

—Nunca lo sabrá.

Ella le miró de forma grave.

—*Lieber** señor Bond, hay pocas cosas que él no sepa. Y también es capaz de actuar por intuición. No me extrañaría nada —Bond sorprendió su rápida mirada al reloj— que se le hubiera ocurrido seguirme hasta aquí. Es un hombre muy desconfiado.

Extendió la mano y le rozó la manga. Parecía nerviosa. Después le dijo:

—Creo que haría mejor en irse. Esto ha sido una gran equivocación.

Bond miró el reloj. Eran las tres y media. Movió la cabeza para poder mirar más allá de la sombrilla y luego otra vez hacia la playa. A lo lejos,

* «Querido.» En alemán en el original. *(N. de la T.)*

cerca de las casetas de baño, había tres hombres con trajes oscuros. Caminaban deliberadamente hacia la playa, moviendo los pies como si fueran una patrulla.

Bond se puso de pie. Miró la cabeza inclinada y le dijo molesto:

—Ya veo lo que quiere decir. Dígale a Colombo que a partir de ahora voy a escribir la historia de su vida. Y soy un escritor muy terco. Hasta la vista.

Bond empezó a correr por la arena hacia el extremo de la península. Desde allí podría volver sobre sus pasos en dirección a la otra orilla hasta llegar al pueblo y estar a salvo entre la gente.

Al fondo de la playa, los tres hombres empezaron a correr, moviendo los codos y las piernas al mismo tiempo, como si fueran corredores de larga distancia dando una vuelta de entrenamiento. Mientras corrían pasando junto a la joven, uno de ellos levantó una mano. Ella levantó también la suya como respondiendo al saludo y luego se tendió en la arena y se dio la vuelta, quizás para broncearse la espalda, o quizás porque no quería contemplar la caza del hombre.

Bond se quitó la corbata mientras corría y se la metió en el bolsillo. Hacía mucho calor y sudaba bastante. Pero lo mismo les ocurría a los tres hombres. Era cuestión de ver quién estaba mejor entrenado. Al llegar al extremo de la península, Bond trepó al rompeolas y miró hacia atrás. Los hombres avanzaban con dificultad, pero ahora dos de ellos se disponían a tomar un atajo bordeando el campo de golf. No parecían importarles los letreros de peligro con el cráneo y los huesos cruzados. Bond bajó a toda velocidad el enorme rompeolas, midiendo los ángulos y la distancia. Los dos hombres estaban cruzando por la base del triángulo. Iba a librarse por los pelos.

Bond tenía la camisa empapada y los pies empezaban a dolerle. Había recorrido alrededor de un kilómetro y medio. ¿Cuánto le quedaría para estar a salvo? A intervalos a lo largo del rompeolas, las recámaras de viejos cañones estaban hundidas en el cemento. Ahora servían para atracar la flota de pesqueros que se resguardaban en las lagunas antes de penetrar en el Adriático. Bond contó los pasos que había entre dos de ellas. Cincuenta metros. ¿Cuantos bultos negros quedarían hasta el extremo del rompeolas, o hasta las primeras casas del pueblo? Contó unos treinta antes de que la hilera se desvaneciera en la calima. Le quedarían dos kilómetros más. ¿Podría conseguirlo con suficiente velocidad para aventajar a los dos corredores? A Bond le dolía el pecho al respirar. Tenía el traje también empapado en sudor y la tela de sus pantalones le irritaba las piernas. Detrás de él, a unos trescientos metros, le perseguía uno de los hombres. A la derecha, escondiéndose entre las dunas y acercándose a gran velocidad, iban los otros dos. A su izquierda tenía una cuesta de cemento de unos siete metros que llegaba hasta la orilla verdosa del Adriático.

Bond estaba pensando en bajar el ritmo y caminar un rato para recuperar el aliento y poder alejarse a toda prisa de los tres hombres, cuando, uno tras otro, se produjeron dos acontecimientos a gran velocidad. En primer lugar, vislumbró entre la calima a un grupo de pescadores con arpones. Eran unos seis, algunos de ellos estaban en el agua y otros tomaban el sol en el rompeolas. Después, procedente de las dunas, le llegó el enorme estampido de una explosión. Tierra, maleza y lo que podrían ser restos humanos saltaron rápidamente por el aire, y una pequeña onda expansiva le golpeó. Bond redujo la marcha. Los otros dos hombres se pararon en las dunas. Él se quedó completamente inmóvil. Tenía la boca abierta y de ella brotó un chapurreo de pánico. De repente, cayó al suelo desmayado, con los brazos sujetándose la cabeza. Bond conocía los síntomas. No podría moverse hasta que alguien le ayudara. Su corazón latía con fuerza. Sólo le quedaban doscientos metros para llegar hasta los pescadores. Se habían agrupado y estaban mirándolo. Bond chapurreó unas cuantas palabras en italiano.

—Mi, inglés. *Prego, dove il carabinieri?**

Bond miró por encima del hombro. Era extraño, pero, a pesar de los pescadores, el hombre todavía seguía corriendo. Había avanzado algo y apenas estaba a cien metros de distancia. Tenía una pistola en la mano. Los pescadores se habían abierto en abanico delante de Bond. Tenían preparados los fusiles con arpones en las manos. En medio de ellos había un hombre alto con un pequeño bañador rojo debajo de la barriga. Llevaba unas gafas de

---

* «Por favor, ¿dónde está la policía?» En italiano en el original. *(N. de la T.)*

bucear verdes colocadas en la cabeza. Estaba de pie con las aletas azules señalando hacia delante y los brazos en jarra. Parecía mister Toad de *Toad Hall* en Technicolor. Los graciosos pensamientos de Bond nacieron muertos. Jadeando, reanudó el paso. De forma automática, introdujo su mano sudorosa debajo de la chaqueta y sacó la pistola. El hombre que estaba en el centro del arco de arpones era Enrico Colombo.

Éste lo miraba acercarse. Cuando llegó a veinte metros de distancia, Colombo dijo tranquilamente:

—Deje su juguete, señor Bond, del Servicio Secreto. Estos arpones son de CO_2. Quédese aquí. A menos que quiera convertirse en una copia del San Sebastián de Mantegna.

Después se volvió hacia el hombre que tenía a su derecha y le habló en inglés.

—¿A qué distancia estaba el albanés de la semana pasada?

—A veinte metros, *padrone*. Y el arpón lo atravesó. Pero era un hombre gordo, quizás el doble de gordo que éste.

Bond se quedó parado. Tenía uno de los bolardos de hierro junto a él. Se sentó encima y dejó la pistola en sus rodillas. Señalando al centro de la enorme barriga de Colombo, le dijo.

—Cinco arpones no me impedirán dispararte una bala, Colombo.

Colombo sonrió y asintió con la cabeza, mientras el hombre que iba andando despacio detrás de Bond le golpeó con fuerza en la base del cráneo con la culata de su Luger.

Cuando uno vuelve en sí después de recibir un golpe en la cabeza, la primera reacción es vomitar. Incluso en su abatimiento, Bond fue consciente de dos sensaciones: estaba en un barco en el mar y alguien, un hombre, le limpiaba el sudor con una fría toalla mojada, murmurando palabras de consuelo en un deficiente inglés.

—Está bien, amigo. Descansa. Descansa.

Bond volvió a echarse en la litera, agotado. Era un pequeño y cómodo camarote con un aroma femenino y cortinas de colores suaves. Un marinero con ropas andrajosas —Bond creyó reconocer a uno de los pescadores— estaba inclinado sobre él. Cuando Bond abrió los ojos le sonrió.

—Está mejor, ¿verdad? *Subito**, de acuerdo —le dijo mientras le frotaba la parte posterior del cuello en señal de compasión—. Le dolerá un poco. Pronto sólo será un morado. Debajo del pelo. Las chicas no lo notarán.

Bond esbozó una sonrisa y asintió con la cabeza. El dolor que sintió al mover la cabeza le hizo entornar los ojos. Al abrirlos, el marinero movió la cabeza como si estuviera recriminándole. Acercó el reloj de pulsera a los ojos de Bond. Eran las siete. Señaló con el dedo el número nueve.

—*Mangiare con padrone***, ¿sí?

---

* «En seguida.» En italiano en el original. *(N. de la T.)*
** «Comer con el jefe.» En italiano en el original. *(N. de la T.)*

Bond respondió:

—Sí.

El hombre le puso la mano en la mejilla y colocó su cara hacia un lado.

—*Dormire*.

—Sí —dijo Bond de nuevo.

El marinero salió del camarote y cerró la puerta sin llave.

A continuación, Bond saltó cautelosamente de la litera y se inclinó sobre el lavabo y empezó a lavarse. En la parte alta de la cómoda se encontraban sus objetos personales en un ordenado montón. Estaba todo excepto su pistola. Bond se los metió en los bolsillos y se sentó otra vez sobre la litera. Encendió un cigarrillo y se quedó pensativo. Reflexionaba sin llegar a ninguna conclusión. Lo estaban llevando a dar una vuelta, o mejor dicho a hacer una travesía, pero el comportamiento del marinero no parecía indicar que lo consideraran un enemigo. Pero les había costado mucho hacerlo prisionero y uno de los hombres de Colombo había muerto durante el encuentro, aunque de forma involuntaria. No parecía que trataran de matarle. Quizás este comportamiento indulgente era el paso previo al intento de establecer un trato con él. ¿Cuál sería el trato y cuál la alternativa?

A las nueve de la noche, el mismo marinero se acercó a Bond y, a través de un corto pasillo, lo condujo hasta un pequeño y desaliñado salón, y lo dejó allí. En el centro de la sala había una mesa y dos sillas, y, junto a la mesa, un carro metálico lleno de comida y bebidas. Bond comprobó la escotilla al extremo de la sala. Estaba cerrada con el seguro. Quitó el pestillo de uno de los portillos y miró hacia afuera. Había suficiente luz para ver que el barco pesaba unas doscientas toneladas y que alguna vez debió de haber sido un gran barco pesquero. El motor sonaba como los diesel y también llevaba las velas izadas. Bond calculó la velocidad del barco en unos seis o siete nudos. En el oscuro horizonte pudo ver un pequeño racimo de luces amarillas. Probablemente estaban navegando por la costa del Adriático.

El cerrojo de la escotilla se desplazó con un tableteo. Bond estiró la cabeza. Colombo bajaba por la escala. Llevaba una camiseta, un mono y sandalias desgastadas. Su rostro reflejaba un aspecto alegre y travieso. Se sentó en una silla y señaló la otra.

—Acérquese, amigo. Vamos a comer, a beber y a charlar. Dejaremos de comportarnos como niños y actuaremos como hombres. ¿Sí? ¿Qué va a tomar, ginebra, whisky, champán? Éste es el mejor salchichón de Bolonia. Aceitunas de mi propia finca. Pan, mantequilla, provelone, es un queso ahumado, e higos frescos. Comida de campesinos, pero excelente. Venga. Después de tanta carrera, se le habrá abierto el apetito.

Tenía una risa contagiosa. Bond se sirvió un vaso grande de whisky con soda y se sentó. Después le dijo:

—¿Por qué tiene que organizar usted tanto jaleo? Podíamos haber hablado sin tanto lío. De este modo ha sufrido ciertos percances. Advertí a mi jefe de que podía pasar algo así, el modo en que la chica me hizo picar en su restaurante es demasiado infantil para describirlo. Le dije que me metería en la trampa para averiguar todo esto. Si mañana a mediodía no estoy libre, la Interpol y la policía italiana caerán encima de usted como un bloque de ladrillos.

Colombo parecía intrigado y le respondió:

—Si estaba dispuesto a caer en la trampa, ¿por qué intentó escapar de mis hombres esta tarde? Los envié para que lo trajeran a mi barco, todo hubiera sido más fácil de este modo. Ahora he perdido a un hombre y a usted casi le parten el cráneo. La verdad, no lo entiendo.

—No me gustó el aspecto de esos tres tipos. Puedo reconocer a un asesino cuando lo veo. Yo creí que usted iba a hacer alguna tontería. Podría haber utilizado a la chica. Los hombres no eran necesarios.

Colombo movió la cabeza.

—Lisl quería averiguar algo más sobre usted, sólo eso. Ahora estará igual de enfadada que usted. La vida es muy complicada. Me gusta llevarme bien con todo el mundo, y ahora he conseguido dos enemigos en una tarde. Es terrible.

Colombo parecía deprimido. Cortó una gruesa raja de salchichón, le quitó la piel con los dientes rápidamente y empezó a comérsela. Con la boca llena, se sirvió un vaso de champán y se lo bebió. Luego dijo, moviendo la cabeza, como recriminando a Bond:

—Siempre me pasa lo mismo: cuando estoy preocupado, me da por comer. Pero cuando estoy preocupado, digiero mal la comida. Y ahora usted me ha preocupado. Me ha dicho que podríamos habernos entrevistado y charlado, y que no necesitaba complicar tanto las cosas.

Extendió las manos, con un gesto de abatimiento, y añadió:

—¿Cómo iba a saberlo? De esa forma, me ha echado la culpa de la muerte de Mario. Yo no le dije que tomara un atajo por ese lugar.

Colombo dio un golpe sobre la mesa. Empezó a gritar a Bond con rabia:

—No estoy de acuerdo en que yo tengo la culpa de todo. Usted tiene la culpa. Sólo usted. Quería matarme. ¿De qué manera se acuerda una cita con el asesino de uno? ¿Eh? Respóndame.

Colombo partió un panecillo y se lo metió en la boca, con los ojos llenos de ira.

—¿De qué demonios está usted hablando?

Colombo tiró los restos del panecillo en la mesa y se levantó, mirando fijamente a Bond. Caminó de lado, con la vista puesta en él, hasta llegar a la cómoda, en la que palpó el cajón superior, lo abrió, buscó a tientas y sacó lo que Bond reconoció como un magnetófono. Mirando aún de forma recriminatoria a Bond, colocó el aparato sobre la mesa. Se sentó y apretó un botón.

Cuando Bond oyó la voz, cogió su vaso de whisky y miró dentro del recipiente. Se oyó una voz débil:

—«Exacto. Ahora, antes de darle la información, como buenos comerciantes, vamos a establecer las condiciones. ¿De acuerdo?»

La voz siguió:

—«Diez mil dólares estadounidenses... No debe decir de dónde ha obtenido la información. Incluso aunque le torturen... La cabeza de esta organización es un mal hombre. Debe ser destrutto, tiene que matarlo.»

Bond esperó oír su propia voz entre los ruidos del restaurante. Se produjo una larga pausa, mientras pensaba en la última condición. ¿Qué es lo que le había respondido? Su voz brotó del aparato, respondiendo a su pregunta.

—«No se lo puedo prometer. Tiene que entenderlo. Todo lo que puedo decirle es que si ese hombre intenta acabar conmigo, yo acabaré con él.»

Colombo apagó el aparato. Bond tragó un poco de whisky. Ahora ya podía mirar a Colombo. Le dijo, defendiéndose:

—Eso no quiere decir que sea un asesino.

Colombo le miró con pesar.

—A mí sí me lo parece. Viniendo de un inglés. Trabajé para los ingleses durante la guerra. En la resistencia. Tengo la medalla del rey.

Se metió la mano en el bolsillo y tiró la medalla de plata de la Libertad con la cinta de rayas roja, blanca y azul sobre la mesa.

—¿Ve usted?

Bond preguntó, mientras aguantaba la mirada de Colombo con obstinación:

—¿Y el resto de la grabación? Hace mucho tiempo que dejó de trabajar para los ingleses. Ahora trabaja en contra de ellos, por dinero.

Colombo gruñó. Dio un golpe sobre el aparato con el índice y respondió sin alterarse:

—Lo he oído todo. Es mentira.

Dio un puñetazo sobre la mesa y los vasos saltaron. Vociferó con rabia:

—¡Es mentira, mentira! ¡Todo mentira!

Se puso de pie de un salto. La silla cayó al suelo con estrépito. Se inclinó despacio y la levantó. Cogió la botella de whisky, se dio la vuelta y echó cuatro dedos en el vaso de Bond. Volvió a la silla, se sentó y colocó la botella de champán delante de él. Su rostro tenía un aspecto sosegado, grave. Le dijo tranquilamente:

—No todo es mentira. Hay una pizca de verdad en lo que ese bastardo le dijo. Por eso no he querido discutir con usted. Quizás no me hubiera creído. Hubiera implicado a la policía. Me hubiera dado muchos problemas, a mí y a mis compañeros. Incluso aunque usted o cualquier otra persona no tuviera razón alguna para matarme, se hubiera producido un escándalo y un alboroto. En lugar de ello, decidí mostrarle la verdad; la verdad es que usted fue enviado a Italia a informarse. Dentro de pocas horas, mañana al amanecer, su misión habrá terminado.

Colombo chasqueó los dedos.

—*Presto*, así.

—¿Qué parte de lo que contó Kristatos no es mentira? —preguntó Bond.

Los ojos de Colombo miraron a los de Bond mientras reflexionaba. Al fin respondió:

—Amigo mío, yo soy un contrabandista. Esa parte es cierta. Probablemente soy el mejor contrabandista de todo el Mediterráneo. La mitad de los cigarrillos que entran en Italia los traigo yo desde Tánger. ¿Oro? Yo soy el único proveedor del mercado negro. ¿Diamantes? Tengo mi propio proveedor en Beirut, con contacto directo con Sierra Leona y Sudáfrica. Antes, cuando las medicinas escaseaban, también proporcionaba aureomicina y penicilina. Las conseguía con sobornos en los hospitales de las bases norteamericanas; incluso llevaba mujeres hermosas de Siria y Persia para las casas de Nápoles. También he ayudado a escapar a presos. Pero —Colombo descargó el puño sobre la mesa— drogas, heroína, opio, hachís, ¡eso no! ¡Nunca! No tengo nada que ver con todo eso. Eso es muy malo. En cambio, no hay nada malo en las otras cosas.

Colombo levantó la mano derecha.

—Amigo, eso se lo juro por mi madre.

Bond empezaba a ver claro. Creía a Colombo. Incluso sentía una extraña simpatía por este pirata glotón y presuntuoso al que Kristatos había estado a punto de poner en un aprieto.

—Pero ¿por qué le ha acusado Kristatos? —preguntó Bond—. ¿Que podía sacar él con eso?

Colombo movió lentamente un dedo hacia uno y otro lado delante de su nariz, mientras le decía:

—Amigo, Kristatos es Kristatos. Está desempeñando el mayor doble juego que haya podido imaginarse. Para mantenerlos, para mantener la protección del Servicio de Inteligencia norteamericano y del Departamento de Narcóticos, tiene que entregarles una víctima de vez en cuando, alguien que esté al margen del gran juego. Pero con este asunto de los ingleses, el problema es diferente. Es un tráfico importante. Para protegerlo, era necesario una víctima importante. Me eligieron a mí, Kristatos o sus jefes me eligieron. Y es cierto que si hubiera insistido más en sus investigaciones y hubiera gastado más dinero en comprar información, podría haber descubierto la historia de mis operaciones. Pero cada pista que le llevase hacia mí, le hubiera alejado de la verdad. Al final, puesto que no infravaloro su Servicio, me hubieran llevado a la cárcel. Pero la gran presa que usted está buscando se moriría de risa al oír el ruido de la cacería desaparecer a lo lejos.

—¿Por qué quería matarlo Kristatos?

Colombo le miró con astucia.

—Amigo, yo sé demasiado. En la hermandad de los contrabandistas a veces tropezamos con el negocio de otros. No hace mucho tiempo, en este barco, tuve un encontronazo con una lancha torpedera de Albania. Un disparo acertado incendió el depósito de combustible. Sólo hubo un superviviente. Estaba empeñado en hablar. Me contó muchas cosas, pero yo como un idiota me arriesgué por los campos de minas y lo dejé en tierra en la costa norte de Tirana. Aquello fue un error. Desde entonces ese Kristatos me ha estado persiguiendo. Afortunadamente —Colombo hizo una mueca feroz—, tengo una información que él no conoce. Y tenemos una cita para hablar del tema mañana al amanecer, en un pequeño puerto pesquero al norte de Ancona, Santa Maria. Y allí —Colombo soltó una carcajada— ocurrirá lo que tenga que ocurrir.

Bond dijo sosegadamente:

—¿Cuál es el precio de todo esto? Usted dijo que mi misión terminaría mañana por la mañana. ¿Cuánto?

Colombo movió la cabeza. Respondió sin alterarse:

—Nada. Resulta que nuestros intereses coinciden. Pero tiene que prometerme que lo que le he contado esta noche quedará entre usted y yo, y si es necesario, sólo se lo contará a su jefe en Londres. Nunca deben enterarse en Italia. ¿Lo promete?

—Sí. Se lo prometo.

Colombo se levantó. Se dirigió hacia la cómoda, sacó la pistola de Bond y se la entregó.

—En ese caso, amigo mío, es mejor que lleve esto, porque va a necesitarla. Y es mejor que duerma un poco. Habrá ron y café para todos a las cinco de la mañana.

Después le tendió la mano. Bond se la estrechó. De repente, los dos hombres se habían hecho amigos, Bond se dio cuenta de aquello, y le respondió, algo incómodo:

—Muy bien, Colombo.

Más tarde, salió del salón en dirección a su camarote.

La tripulación del *Colombina* estaba formada por doce hombres. Eran jóvenes con aspecto tosco. Hablaban entre ellos en voz baja, mientras Colombo les servía jarras de café caliente con ron. La única luz que había era un fanal de tormenta, pues habían apagado las demás luces del barco, y Bond estaba disfrutando de aquella atmósfera de emoción y conspiración, de aventura de la Isla del Tesoro. Colombo iba de hombre en hombre inspeccionando las armas. Todos llevaban Lugers escondidas debajo del jersey y metidas en la cintura, y navajas en los bolsillos. Colombo tenía una palabra de crítica o de aprobación para cada arma. A Bond le extrañó que Colombo llevara ese tipo de vida, una vida de aventura, emoción y riesgo. Era la vida de un criminal, en continua lucha contra las leyes monetarias, el monopolio de tabacos del Estado, el Servicio de Aduanas, la policía, aunque había un tufillo a bribonería juvenil en el ambiente que cambiaba el color del delito del negro al blanco, o por lo menos al gris.

Colombo miró el reloj. Ordenó a sus hombres que se colocaran en sus puestos. Levantó el fanal y alumbró con él el suave amanecer mientras Bond lo seguía hasta el puente. El barco se encontraba junto a una costa oscura y rocosa, por la que navegaban a poca velocidad. Colombo señaló hacia delante.

—Detrás de aquel cabo está el puerto. Nos acercaremos sin ser vistos. En el puerto, atracado en el muelle, habrá un barco de igual tamaño que éste descargando inocentes rollos de papel de imprenta sobre una rampa que baja hasta un almacén. Una vez pasado el cabo, aumentaremos la velocidad, nos acercaremos por barlovento al barco y lo abordaremos. No opondrán ninguna resistencia. Luego les atacaremos. Espero que no haya disparos. Nosotros no dispararemos a menos que ellos lo hagan. Pero es un barco albanés tripulado por rudos albaneses. Si empiezan a disparar, debéis apuntar bien. Esos tipos son enemigos de vuestro país y también del mío. Si nos matan, qué se le va a hacer. ¿De acuerdo?

—De acuerdo.

Mientras Bond decía estas palabras, se oyó un tintineo en el telégrafo de la sala de máquinas y la cubierta empezó a temblar bajo sus pies. El pequeño barco estaba doblando el cabo a diez nudos de velocidad y entraba ya en el puerto.

Ocurrió lo que había dicho Colombo. Situado a barlovento junto a un espigón de piedra había un barco, con las velas gualdrapeando perezosamente. De su popa salía una rampa de tablones de madera que bajaba hasta la oscura boca de un desvencijado almacén de chapa ondulada, cuyo interior estaba iluminado por una luz tenue. Al parecer, el barco llevaba una carga de rollos de papel de imprenta que estaban siendo izados uno a uno y descargados sobre la rampa, por donde bajaban rodando con su propio impulso, introduciéndose luego por la boca del almacén. Alrededor se podía ver a veinte hombres. Sólo por sorpresa se podría vencer a un número tan desigual. El barco de Colombo se encontraba a cincuenta metros del otro barco, y uno o dos hombres habían interrumpido su tarea y se quedaron mirándolos. Uno de ellos entró corriendo en el almacén; al mismo tiempo, Colombo dio una orden tajante. Los motores se pararon y el barco empezó a retroceder. En el puente apareció un fanal y el escenario se iluminó mientras el barco derivaba hacia el pesquero albanés. Después del choque, lanzaron rezones de hierro sobre la regala del barco albanés, de proa a popa, y los hombres de Colombo treparon por el costado con Colombo a la cabeza.

Bond tenía sus propios planes. En cuanto puso los pies en la cubierta del barco enemigo, salió corriendo, subió a la regala del otro costado y saltó. Había unos cuatro metros de distancia hasta el espigón, y aterrizó sobre él como un gato, apoyado en las manos y en las puntas de los pies, y se quedó un instante agachado, planeando el próximo movimiento. En cubierta ya habían comenzado a disparar. Un primer disparo apagó el fanal y quedaron iluminados sólo por el brillante resplandor grisáceo del amanecer. El cuerpo de un hombre, del otro bando, cayó al suelo delante de él, inmóvil, con los miembros extendidos. Al mismo tiempo, una ametralladora ligera empezó a disparar desde la puerta del almacén, con las breves ráfagas de un tirador profesional. Bond corrió hacia ella, amparado por la oscura sombra del barco. El hombre que estaba disparando lo vio y apuntó hacia él. Las balas silbaron junto a Bond y retumbaron contra el casco metálico del barco, aullando en la noche. Bond se resguardó en la rampa de tablas y se echó de bruces sobre ella. Las balas chocaron contra la madera por encima de su cabeza.

Bond se arrastró introduciéndose por el estrecho agujero. Una vez se hubo acercado todo lo que pudo, tenía que elegir entre salir al descubierto por la derecha o la izquierda de los tablones. Oyó varios ruidos sordos y un ligero estruendo sobre su cabeza. Uno de los hombres de Colombo debía de haber cortado las amarras y empujado todo el montón de rollos de papel por la rampa. Era la oportunidad de Bond. Saltó de su escondite hacia la izquierda. Si el hombre de la ametralladora le estaba esperando, se imaginaría que Bond saldría disparando por la derecha. El hombre estaba allí, agachado y apoyado en la pared del almacén. Bond disparó dos veces en una fracción de segundo antes de que el brillante morro del arma enemiga se inclinara a través del pequeño arco. El dedo del hombre muerto se quedó enganchado en el gatillo y, al mismo tiempo que caía de golpe, la ametralladora hizo una breve rueda de fogonazos antes de soltarse de su mano y chocar contra el suelo.

Bond corría hacia delante en dirección a la puerta del almacén cuando resbaló y cayó al suelo. Permaneció un momento aturdido con la cara sobre un charco de melaza negra. Soltó una palabrota, se levantó apoyándose sobre las manos y las rodillas y corrió a esconderse detrás de un revoltijo de enormes rollos de papel que se habían estrellado contra la pared del almacén. Uno de ellos, desgajado por una ráfaga de ametralladora, soltaba una melaza negra. Bond se limpió las manos y la cara lo mejor que pudo. El líquido tenía el aroma dulzón que Bond había olido una vez en México. Era opio crudo.

Una bala golpeó con fuerza en la pared del almacén, a poca distancia de su cabeza. Bond se limpió la mano que sujetaba la pistola en la parte de atrás de los pantalones y cruzó de un salto la puerta del almacén. Le sorprendió que no le dispararan desde el interior, cuando su silueta apareció en la entrada. Dentro todo estaba tranquilo y hacía frío. Las luces estaban apagadas, pero ahora había más luz afuera. Los pálidos rollos de papel estaban almacenados en hileras ordenadas con un pasillo en el centro. El orden le hizo sospechar y le asustó. Bond olió a muerte. Retrocedió de nuevo hacia la entrada y salió afuera. Se oían disparos aislados. Colombo se acercó corriendo a toda velocidad, arrastrando los pies, como corren los gordos.

—Quédese en la puerta —le ordenó Bond—. No entre ni deje entrar a ninguno de sus hombres. Voy a dar la vuelta.

Sin esperar una respuesta, dobló la esquina del edificio y se alejó por uno de los lados.

El almacén tenía una longitud de unos veinte metros. Bond redujo el paso y caminó despacio hacia la esquina más alejada. Se pegó contra la pared de chapa ondulada y echó un vistazo a su alrededor. Inmediatamente se echó hacia atrás. Había un hombre apoyado contra la puerta trasera. Estaba mirando por la mirilla. Tenía en la mano un émbolo del que salían unos cables que pasaban por debajo de la puerta. Junto a él había un Lancia gran turismo descapotable, con el motor al ralentí y la capota bajada. Estaba colocado mirando tierra adentro en una carretera polvorienta llena de marcas de neumáticos.

Era Kristatos.

Bond se arrodilló. Sujetó la pistola con las dos manos, para mayor seguridad, luego avanzó poco a poco rodeando la esquina del edificio y disparó un tiro a los pies del hombre. Falló. Casi al mismo tiempo en que una nube de polvo saltaba a poca distancia del blanco, se produjo el estruendo de una explosión y la pared de metal lo golpeó y lo lanzó a lo lejos.

Bond salió rápidamente a gatas. El almacén se había combado y deformado. De repente empezó a derrumbarse como si fuera un castillo de naipes de hojalata. Kristatos se metió en el coche. A veinte metros de distancia una nube de polvo se levantó detrás de las ruedas traseras del vehículo. Bond adoptó la típica postura para disparar con pistola y apuntó con cuidado. La Walther rugió y dio tres sacudidas. En el último disparo, a cincuenta metros de distancia, la figura inclinada sobre el volante pegó un respingo hacia atrás. Sus manos soltaron el volante y cayeron hacia los lados. La cabeza se levantó un instante en el aire y luego se echó hacia delante. La mano derecha sobresalía hacia afuera, como si el muerto estuviera indicando que iba a girar a la derecha.

Bond empezó a correr por la carretera, esperando que el coche se parara, pero las ruedas se metieron en las marcas de la carretera, y con el pie derecho todavía en el acelerador, el Lancia siguió avanzando en tercera mientras chirriaba. Bond se detuvo y se quedó mirándolo. El vehículo rodaba por la carretera, a través de la abrasada planicie, con una blanca nube de polvo detrás. Bond esperaba que en cualquier momento se saldría de la calzada, pero no fue así, y se quedó de pie mirando hasta que desapareció de su vista en la temprana bruma de la mañana que auguraba un espléndido día.

Bond bajó el arma y se la metió en la cinturilla del pantalón. Se dio la vuelta y vio que Colombo se aproximaba. El hombre grueso gesticulaba encantado. Se acercó a Bond, abrió los brazos y le estrechó entre ellos, y luego le besó en ambas mejillas.

—¡Por el amor de Dios, Colombo! —exclamó Bond.

Colombo soltó una carcajada.

—¡Ah, los fríos ingleses! ¡A nada temen más que a sus emociones! Pero yo —se golpeó el pecho con la mano—, yo, Enrico Colombo, le aprecio y no me avergüenza reconocerlo. Si no le hubiera dado al hombre de la ametralladora, ninguno de nosotros hubiera sobrevivido. De este modo, sólo he tenido dos bajas y algunos heridos. Únicamente han quedado vivos media docena de albaneses que han huido hacia el pueblo. Seguramente la policía logrará acorralarlos. Y además, ha mandado al bastardo de Kristatos conduciendo hacia el infierno. ¡Qué espléndido final! ¿Qué ocurrirá cuando el pequeño coche fúnebre llegue a la carretera principal? Ya está indicando que va a girar a la derecha en la autopista; espero que se acuerde de circular por la derecha.

Colombo dio unas palmaditas a Bond en el hombro con gran alboroto.

—Pero, venga, amigo mío. Ya es hora de que salgamos de aquí. Las válvulas del casco del barco albanés están abiertas, y pronto se hundirá. No hay teléfonos por aquí. Vamos a ayudar a la policía. Les costará un poco entrar en razón a los pescadores. He hablado con su jefe. A nadie de por aquí le gustan los albaneses. Pero tenemos que seguir nuestro camino. Nos queda una dura navegación con el viento en contra y no hay ningún médico de confianza en esta zona de Venecia.

Las llamas empezaron a lamer el desvencijado almacén y el humo que salía desprendía un olor dulzón a verdura. Bond y Colombo dieron la vuelta por donde soplaba el viento. El barco albanés había empezado a hundirse y la cubierta estaba a flor de agua. La vadearon y treparon a bordo del *Colombina*, donde Bond otra vez tuvo que estrechar manos y recibir palmaditas. Zarparon enseguida, rumbo al cabo que protegía el puerto. Había un pequeño grupo de pescadores de pie junto a sus barcos, que estaban arriba en la playa resguardados bajo cabañas de piedra. Parecían enfadados, pero cuando Colombo agitó la mano y les gritó unas palabras en italiano, casi todos respondieron levantando la suya en señal de saludo, y uno de ellos gritó algo que hizo reír a la tripulación del *Colombina*. Colombo explicó:

—Dicen que ha sido mejor que ir al cine a Ancona y que tenemos que volver pronto.

Repentinamente, Bond notó que la emoción se había desvanecido. Se sintió sucio y sin afeitar, y olía a sudor. Bajó a la cabina, pidió prestada una maquinilla de afeitar y una camisa limpia a un marinero, se metió en su camarote y se aseó. Al sacar la pistola y echarla sobre la litera notó un tufillo a cordita que salía del cañón. El olor le recordó el miedo, la violencia y la muerte del gris amanecer. Abrió el portillo. Fuera, el mar bailoteaba alegremente y la costa, cada vez más lejana, que antes era oscura y misteriosa, le parecía ahora verde y maravillosa. De repente, un delicioso olor a bacon frito llegó desde la cocina. Bond cerró el portillo de golpe, se vistió y se dirigió hacia el salón.

Delante de un plato lleno de huevos fritos con bacon y bebiendo café caliente con ron, Colombo estaba poniendo los puntos sobre las íes.

—Esto es lo que hemos hecho, amigo mío —le dijo, mientras masticaba una crujiente tostada—. El suministro de opio crudo de todo un año que iba dirigido a Kristatos para su proceso químico en Nápoles. Es cierto que tengo un negocio como ése en Milán y que sirve de almacén para algunas de mis mercancías. Pero no fabrico más que purgantes y aspirinas. En cuanto a esa parte del relato de Kristatos, hay que sustituir el nombre de Colombo por el de Kristatos. Es él quien convierte la pasta en heroína y es él quien utiliza los mensajeros para llevarla a Londres. Ese enorme envío quizás tenía un valor de un millón de libras para Kristatos y sus hombres. Pero ¿quiere saber usted algo, querido James? A él no le costaba ni un céntimo. ¿Por qué? Pues porque es un regalo de Rusia. El regalo de un enorme y mortífero proyectil para explotar en las entrañas de Inglaterra. Los rusos pueden suministrar munición sin límite para ese proyectil. Procede de sus campos de amapolas del Cáucaso, y Albania es el almacén ideal. Pero ellos no tienen medios para disparar ese proyectil. Ese tipo, Kristatos, creó la organización necesaria, y es él quien, en representación de sus jefes rusos, aprieta el gatillo. Hoy, entre nosotros dos hemos aniquilado en media hora toda esa conspiración. Ahora ya puede volver a su país y decir a sus amigos ingleses que el tráfico va a cesar. También puede contarles la verdad, que Italia no era el origen de esta terrible arma subterránea, sino que son nuestros viejos amigos los rusos. Sin duda alguna se trata de un departamento de guerra psicológica de su Servicio de Inteligencia. No puedo prometérselo, pero quizás, querido James —Colombo sonrió en tono alentador—, le enviarán a Moscú para averiguarlo. En caso de que eso ocurriera, esperemos que encuentre allí a una chica tan encantadora como su amiga Lisl Baum que pueda conducirle hasta la verdad.

—¿Qué quiere decir con eso de «mi amiga»? Es amiga suya.

Colombo negó con la cabeza.

—Mi querido James, yo tengo muchas amigas. Usted pasará unos cuantos días más en Italia escribiendo su informe, y sin duda alguna —se echó a reír—, comprobando algunas de las cosas que le he contado. Quizás pueda perder alegremente media hora explicando los hechos a sus colegas del Servicio de Inteligencia norteamericano. Mientras tanto, necesitará compañía, alguien que le enseñe las bellezas de mi amado país, En los países no civilizados es una costumbre de cortesía ofrecer una de las esposas al hombre que se estima y que se desea honrar. Yo también soy así. No tengo esposas, pero tengo muchas amigas como Lisl Baum. Ella no necesita que le den ninguna orden para eso. Tengo buenas razones para pensar que esta noche está esperando su regreso.

Colombo buscó en el bolsillo del pantalón y lanzó un objeto estrepitosamente sobre la mesa, delante de Bond.

—Ésta es la buena razón.

Colombo se llevó la mano al corazón y miró con gravedad a los ojos de Bond.

—Se lo entrego con todo mi corazón, y quizás también con el de ella.

Bond cogió el objeto. Era una llave con una chapa de metal. En la chapa ponía: *Albergo Danielli, Habitación 68*.

El extraño Hildebrand

La raya medía casi dos metros desde la punta de un ala a la otra, y unos tres metros desde la cuña chata de su morro hasta la punta de su mortífera cola. Era de color gris oscuro, con ese tinte violáceo que a menudo suele ser una señal de peligro en el mundo submarino. Cuando se levantó de la pálida arena dorada y recorrió nadando una pequeña distancia, era como si una toalla negra estuviera moviéndose por el agua.

James Bond nadaba impulsado por las aletas, con las manos en los costados, siguiendo la sombra negra en la laguna bordeada de palmeras, esperando el momento oportuno para dispararle. En raras ocasiones mataba peces, si no era para comérselos, pero había algunas excepciones, como las grandes morenas y todos los miembros de la familia de los peces araña. Ahora se proponía matar la raya porque tenía un aspecto extraordinariamente dañino.

Eran las diez de la mañana de un día de abril y la laguna de Belle Anse, próxima a la punta más meridional de Mahe, la mayor de las islas del archipiélago de las Seychelles, estaba tranquila como un espejo. El monzón del noroeste había estado soplando durante meses, y hasta el mes de mayo no aparecería el monzón del sudoeste, que traía tiempo más fresco. La temperatura era de veintisiete grados a la sombra y la humedad del noventa por ciento, y en las cercadas aguas de la laguna el agua estaba muy caliente. Incluso los peces nadaban perezosos. Un pez loro de unos cinco kilos de peso, que mordisqueaba algas de un trozo de coral, se detuvo girando los ojos mientras Bond pasaba por encima; luego siguió comiendo.

Un banco de gordos cachos grises nadaba rápidamente, abriéndose educadamente en dos para dejar pasar a Bond y juntándose de nuevo para proseguir en dirección opuesta. Una fila formada por seis pequeños calamares, normalmente tímidos como pájaros, ni siquiera se preocuparon en cambiar su camuflaje al acercarse Bond.

Éste nadaba despacio, con dificultad, sin perder de vista a la raya. El pez pronto se cansaría o bien se relajaría al ver que Bond, que flotaba en la superficie como un enorme pez, no atacaba. Después se colocaría sobre una zona plana de arena, cambiaría su camuflaje a un color verde claro, casi transparente, y con un suave movimiento ondulatorio de los extremos de las alas se enterraría en la arena.

El arrecife estaba cada vez más cerca y se veían afloramientos de corales de cabezas oscuras y praderas de algas. Era como aproximarse a una ciudad desde el campo. Por todas partes brillaban y resplandecían los peces enjoyados del arrecife y las anémonas gigantes del océano índico refulgían como llamas en la sombra. Colonias de espinosos erizos echaban salpicaduras de color sepia, como si alguien lanzara tinta sobre las rocas, y los relucientes tentáculos de las langostas, de color azul y amarillo brillante, palpaban y se agitaban desde sus escondrijos, como pequeños dragones. De vez en cuando, entre las algas del fondo resplandeciente, aparecía el brillo moteado de un cauri, mayor que una pelota de golf, el cauri leopardo, y una vez Bond pudo ver los bellos dedos extendidos de un arpa de Venus.

Pero ahora todo eso lo veía normal mientras iba avanzando y contemplaba el arrecife sólo como un escondite desde donde poder acercarse al mar abierto y perseguir a la raya mientras ésta retrocedía hacia la orilla. La táctica dio resultado, y pronto la sombra negra, con su torpedo marrón colgando detrás, empezó a retroceder a través del enorme espejo de aguas azules. Al llegar a una profundidad de unos cuatro metros de agua, la raya se paró por enésima vez. Bond también lo hizo, y empezó a caminar lentamente por el agua. Con gran cuidado, levantó la cabeza y vació el agua de sus gafas. Cuando volvió a mirar, la raya había desaparecido.

Bond llevaba un fusil Champion, de doble goma. El arpón terminaba en un tridente afilado como una aguja, un arma de corto alcance, pero la mejor para trabajar. Empujó el seguro y avanzó lentamente bajo la superficie, impulsado por un suave movimiento de las aletas para no hacer ningún ruido. Miró a su alrededor, intentando atravesar los brumosos horizontes de la entrada de la laguna. Buscaba una gran silueta escondida. No quería que ningún tiburón ni ninguna barracuda grande fueran testigos de su matanza. Los peces a veces gritan cuando están heridos, e incluso aunque no lo hagan, la turbulencia y la sangre originadas por una violenta lucha atraen a los cartoneros. Pero no había ningún bicho viviente a la vista y la arena se extendía a lo lejos hacia las brumosas puntas que parecían tablones desnudos de un escenario.

Bond podía distinguir la pálida silueta del fondo. Nadó directamente por encima y se quedó inmóvil flotando en la superficie mirando hacia abajo. De repente, percibió un leve movimiento en la arena. Dos minúsculos surtidores de arena bailaban sobre dos agujeros del tamaño de las fosas nasales. Debajo de los agujeros se encontraba el suave bulto del cuerpo del animal. Ése era el blanco. Bond calculó el posible latigazo de la cola, y lentamente colocó el arma hacia abajo y apretó el gatillo.

La arena brotó como una erupción debajo de Bond y durante un angustioso instante fue incapaz de ver nada. Después, el cabo del arpón se tensó y apareció la raya tirando de él, mientras su cola, en respuesta a la agresión, daba latigazos una y otra vez sobre el cuerpo. Bond pudo ver las dentadas espinas venenosas en la base de la cola sobresaliendo del tronco. Éstas eran las espinas que al parecer mataron a Ulises y que Plinio describió como capaces de destruir un árbol. En el océano Indico, donde se encuentran los peces venenosos más virulentos, un arañazo del aguijón de una raya significa una muerte segura. Prudentemente, manteniendo la raya sujeta con el cabo tenso, Bond se movía con dificultad detrás del pez que luchaba con furia. Nadó hacia un lado para mantener el cabo alejado de la cola que daba latigazos y que podía herirle gravemente. Esta cola era el látigo de los antiguos negreros del océano índico. Hoy día están prohibidas en las Seychelles, aunque pasan de padres a hijos para utilizarlas contra las esposas infieles, y si corre la voz de que una mujer *a eu la crapule**, nombre provenzal de raya, significa que, como mínimo, no podrá salir a la calle en una semana. Los latigazos de la cola eran cada vez más débiles y Bond nadó delante de la raya arrastrándola hacia la orilla.

Al llegar a los bajíos, la raya se quedó fláccida y Bond la sacó del agua y la subió a la parte alta de la playa. Pero seguía manteniéndose alejado de ella. Y eso lo salvó, pues de forma repentina, debido a algún movimiento de Bond y quizás con la esperanza de coger desprevenido a su enemigo, la gigantesca raya saltó por el aire. Bond se tiró hacia un lado y la raya cayó de espaldas con su blanca panza al sol y su horrible boca aspirando y jadeando.

Bond se quedó de pie mirando el aguijón de la raya sin saber qué hacer.

Un hombre blanco gordo y de pequeña estatura, con camisa y pantalones color caqui, apareció debajo de las palmeras y caminó hacia Bond a través de los racimos de algas esparcidos y de los desechos secos por el sol, por encima de la marca de la marea. Una vez cerca, exclamó en voz alta riendo:

* «Ha tenido raya.» En francés en el original. *(N. de la T.)*

—¡El viejo y el mar! ¿Quién ha atrapado a quién?

Bond se dio la vuelta.

—Sería el único hombre de la isla que no lleva un machete. Fidele, sea buen chico y llame a uno de sus hombres. Este animal no acaba de morirse y tiene clavado mi arpón.

Fidele Barbey, el más joven de los innumerables Barbey dueños de casi todo en las Seychelles, se acercó y se quedó mirando a la raya.

—Es una buena pieza. Menos mal que le ha dado en el lugar adecuado, o de lo contrario le habría arrastrado por encima del arrecife y hubiera tenido que dejar el fusil. Tardan muchísimo en morir; pero, vamos, he de llevarle otra vez a Victoria. Tengo noticias, buenas noticias. Luego enviaré a uno de mis hombres a buscar el fusil. ¿Quiere la cola?

Bond sonrió.

—No tengo mujer. Pero ¿qué le parecería una *raie au beurre** esta noche?

—No, esta noche no, amigo mío. Vamos. ¿Dónde está su ropa?

Durante el trayecto en la furgoneta por la carretera de la costa Fidele le preguntó:

—¿Ha oído hablar de un norteamericano llamado Milton Krest? Bueno, pues al parecer es el propietario de los hoteles Krest y de un organismo llamado Fundación Krest. Una cosa es cierta: tiene el mejor yate de todo el océano índico. Entró ayer, el Wavekrest, casi doscientas toneladas y cien

---

* «Raya a la mantequilla. En francés en el original.» *(N. de la T.)*

pies de eslora. Tiene de todo. Desde una bella mujer hasta un enorme tocadiscos sobre un cardán, para que las olas no estropeen la aguja; gruesa moqueta de un extremo a otro, aire acondicionado, los únicos cigarrillos secos de este lado del continente africano y la mejor botella de champán para después del desayuno, desde la última vez que lo vi en París.

Fidele Barbey reía encantado.

—Amigo mío, es un barco increíble, y ¡a quién le importa que el señor Krest sea un redomado rufián!

—¡A quién le importa! Y eso qué tiene que ver con usted o conmigo.

—Sólo esto, querido amigo. Que vamos a pasar unos cuantos días navegando con el señor Krest y la señora Krest, la bella señora Krest. He quedado en llevar el barco hasta Chagrin, la isla de la que tanto le he hablado. Está bastante lejos de aquí, frente a los bancos africanos, y mi familia nunca la ha utilizado para nada, excepto para recoger huevos de plangas. Tiene una altura de un metro sobre el nivel del mar. No he estado en ese maldito lugar desde hace cinco años. En fin, que ese tipo quiere ir allí. Está recogiendo especímenes marinos, algo relacionado con su Fundación, y hay unos pequeños peces que, al parecer, sólo se encuentran alrededor de la isla de Chagrin. Por lo menos, eso es lo que dice Krest, que el único espécimen del mundo procede de allí.

—Parece divertido. ¿Y eso qué tiene que ver conmigo?

—Sabía que estaba usted aburrido y que todavía va a quedarse una semana, de modo que le dije que usted es el campeón local de submarinismo y que encontrará el pez si realmente existe, y que yo no iría sin usted. Y esto es todo. Sabía que estaba usted perdiendo el tiempo por algún lugar de la costa, por lo que vine en coche hasta que uno de los pescadores me dijo que había un blanco loco intentando suicidarse en Belle Anse, y enseguida supe que era usted.

Bond se echó a reír.

—Es increíble el miedo que la gente de esta isla tiene al mar. Tendrían que haberse acostumbrado ya. Incluso hay nativos de las Seychelles que no saben nadar.

—Eso es por culpa de la Iglesia católica. Por no dejarles que se quiten la ropa. Es una solemne tontería, pero es así. Y en cuanto a lo de tener miedo, no olvide que sólo lleva aquí un mes. Todavía no se ha encontrado con ningún tiburón o barracuda hambrientos. Y el pez roca. ¿Ha visto alguna vez a un hombre que haya pisado un pez roca? Su cuerpo se dobla hacia atrás por el dolor como si fuera un arco. A veces es tan horrible que los ojos se le salen literalmente de las órbitas. Raras veces logran sobrevivir.

Bond respondió sin compasión:

—Tendrían que ir calzados o bien vendarse los pies cuando van al arrecife. Ese tipo de peces vive en el Pacífico y también la almeja gigante. Eso es una tontería. Todos se quejan de lo pobres que son y el mar está absolutamente lleno de peces. Hay cincuenta variedades de cauris debajo de esas rocas; podrían ganarse muy bien la vida vendiéndolos por todo el mundo.

Fidele Barbey rió estrepitosamente.

—¡Bond para gobernador! Es lo que faltaba. En la próxima reunión de Consejo lo propondré. Es usted el hombre que necesitamos: clarividente, con grandes ideas y decidido. ¡Cauris! Espléndido. Contribuirán a nivelar el presupuesto por primera vez desde el auge del pachuli después de la guerra. ¡Vendemos marisco de las Seychelles! Ése será nuestro lema. Seguro que tendrá éxito. Pronto se convertirá en sir James.

—Se ganaría más dinero pescando que intentando cultivar vainilla con pérdidas.

Siguieron discutiendo con alegre impetuosidad hasta que los palmerales dieron paso a los *sangdragon* gigantes en las afueras de la destartalada capital de Mane.

Había transcurrido casi un mes desde que M le dijo a Bond que iba a enviarlo a las Seychelles.

—El Almirantazgo está teniendo problemas en su nueva base de la flota en las Maldivas. Los comunistas están llegando desde Ceylán. Huelgas, sabotajes, todo eso. Quizás corten por lo sano y decidan replegarse en las Seychelles. Está a mil millas de distancia hacia el sur, pero allí al menos estarían seguros. Pero no quieren que les vuelvan a apresar. El Departamento de Colonias dice que allí estarían muy seguros. Resumiendo, que he decidido enviar a alguien allí para que me proporcione una visión imparcial. Cuando Makarios estuvo encarcelado hace unos cuantos años, hubo bastantes sobresaltos en Seguridad. Pesqueros japoneses por ahí, uno o dos criminales ingleses escondidos, estrechos lazos con Francia. Irá usted allí a echar un vistazo.

M contempló la aguanieve de marzo a través de la ventana.

—Que no le dé demasiado el sol.

El informe de Bond, en el que llegaba a la conclusión de que el único riesgo posible en materia de seguridad en las Seychelles residía en la belleza y en la pronta disponibilidad de sus mujeres, había sido terminado una semana antes y ya no tenía nada más que hacer sino esperar que el *SS Kampala* lo llevara a Mombasa. Estaba absolutamente harto del calor, de las palmeras, de los gritos quejumbrosos de las golondrinas de mar y de las interminables conversaciones sobre copra. La idea de un cambio le pareció estupenda.

Bond estaba pasando su última semana en casa de Barbey y, después de encaminarse hacia allí para recoger su equipaje, se dirigieron en coche hacia la punta del Muelle Largo y dejaron el vehículo en el cobertizo de la aduana. El resplandeciente yate blanco estaba fondeado en la rada, a media milla de la costa. Embarcaron en una piragua con un motor fuera borda en la bodega acristalada y pusieron rumbo al arrecife.

El *Wavekrest* no era un barco bonito, la anchura de los baos y la recargada superestructura achaparraba sus líneas, aunque Bond enseguida se dio cuenta de que era un auténtico barco que había sido construido para navegar por todo el mundo y no sólo por los cayos de Florida. Parecía vacío, pero al aproximarse aparecieron dos elegantes marineros vestidos con camiseta y pantalón corto blanco, que permanecieron de pie junto a la escala con sendos bicheros listos para proteger la resplandeciente pintura del yate de la vieja piragua. Cogieron las dos bolsas y uno de ellos las introdujo por una escotilla de aluminio e hizo un gesto para que bajaran. Un soplo de aire helado golpeó a Bond al entrar y al bajar los escalones hasta la cabina.

La cabina estaba vacía. En realidad no era una cabina, era un salón amueblado con tanto lujo y confort que nadie hubiera creído que era el interior de un barco. Las ventanas, detrás de las persianas venecianas medio echadas, eran de tamaño real, lo mismo que los profundos sillones colocados alrededor de la mesita de centro. La moqueta era imponente, de un color azul pálido. Las paredes estaban recubiertas de madera color plateado y el techo era color hueso. Había una mesa de despacho con los típicos objetos de escritorio y un teléfono. Junto al enorme tocadiscos, había un aparador lleno de bebidas. Encima del aparador colgaba lo que parecía un magnífico Renoir auténtico, un retrato de una hermosa mujer morena con una blusa de rayas negras y blancas. El aspecto de salón lujoso de casa de ciudad se completaba con un gran jarrón de jacintos blancos y azules sobre una mesa central y varias revistas colocadas ordenadamente a un lado de la mesa de despacho.

—¿Qué le dije, James?

Bond movió la cabeza en señal de admiración.

—Realmente ésta es la mejor manera de enfrentarse al mar, como si no existiera. —Suspiró profundamente—. Qué alivio poder respirar un poco de aire fresco. Ya casi me había olvidado de lo que era.

—Afuera es donde se está fresco, amigo. Esto es aire enlatado.

El señor Millón Krest había entrado silenciosamente en la habitación y estaba de pie mirándolos. Era un hombre robusto y de piel curtida, de unos cincuenta años. Tenía un aspecto fuerte y sano, y los descoloridos vaqueros, la camisa de estilo militar y el ancho cinturón indicaban que le complacía su aspecto duro. Sus ojos azul claro en el rostro curtido estaban ligeramente entornados y su mirada era soñolienta y despectiva. Su boca se torcía en un gesto hacia abajo que podía indicar ironía o desdén, probablemente lo último, y las palabras que pronunció en la sala fueron anodinas, excepto por el condescendiente «amigo», que soltó como si lanzara una moneda a un par de coolies. Pero lo que más llamó la atención de Bond fue su voz. Hablaba entre dientes con un ceceo suave y muy atractivo. Era la misma voz de Humphrey Bogart. Bond le miró de arriba abajo empezando por el escaso cabello gris y negro cortado al rape, como si fueran limaduras de metal salpicando su lisa cabeza, el antebrazo derecho con un tatuaje de un águila sobre un ancla, y luego sus descalzos pies curtidos rotundamente plantados sobre la moqueta. «Este tipo parece salido de una novela de Hemingway —pensó—. Me parece que no voy a llevarme bien con él.»

Krest caminó por la moqueta y le tendió la mano.

—¿Bond? Encantado de tenerle a bordo.

Bond esperaba el fuerte apretón de manos y puso tensos los músculos.

—¿Pulmón libre o con botellas?

—Pulmón libre y no bajo demasiado. Sólo soy un aficionado.

—¿A qué dedica el resto del tiempo?

—Funcionario.

Krest soltó una breve carcajada.

—Cortesía y servidumbre. Ustedes, los ingleses, son los mejores mayordomos y criados del mundo. ¿Funcionario, dice? Creo que vamos a llevarnos muy bien. Eso es lo que yo necesito a mi alrededor, funcionarios.

El ruido de la escotilla de cubierta al abrirse evitó la furia de Bond. Apartó a Krest de su mente cuando vio entrar una bronceada joven desnuda, que bajaba los escalones hacia el salón. No, en realidad no estaba desnuda, pero las piezas marrón claro del bikini de satén estaban diseñadas para que lo pareciera.

—Cariño, tesoro. ¿Dónde estabas? Hacía rato que no te veía. Ven a conocer al señor Barbey y al señor Bond, los amigos que van a venir con nosotros.

Krest levantó una mano en dirección a la chica.

—Amigos, les presento a la señora Krest, la quinta señora Krest. Y para que no haya dudas, ama al señor Krest. ¿Verdad, tesoro?

—¡No seas bobo, Milt, sabes que te quiero!

La señora Krest sonrió exquisitamente.

—¿Cómo están, señor Barbey, señor Bond? Me alegro de que hayan venido. ¿Les apetece beber algo?

—Un segundo, cariño. Me imagino que me dejarás mandar en mi propio barco, ¿verdad? —exclamó Krest con una voz suave y agradable.

La mujer se sonrojó.

—Claro, Milt, por supuesto.

—De acuerdo. Es sólo para que quede claro quién es el patrón a bordo del magnífico *Wavekrest*.

Miró a todos con una sonrisa divertida.

—Señor Barbey, ¿a propósito, cuál es su nombre de pila? Fidele, ¿verdad? Es un nombre acertado. Viejo Fiel. —Krest sonrió con condescendencia—. Bueno, Fido, qué te parece si tú y yo subimos al puente y ponemos a navegar este viejo bote. Quizás es mejor que lo saques tú a alta mar; después estableces un rumbo y se lo pasas a Fritz. Yo soy el capitán, él es el piloto y hay dos marineros para la sala de máquinas y la cocina. Los tres son alemanes. Ya casi no quedan marinos en Europa. ¿Y cuál es el nombre de pila del señor Bond? James, ¿verdad? Bueno, Jim, qué te parecería practicar un poco de cortesía y servidumbre con la señora Krest. Puedes llamarla Liz. Ayúdala a preparar los canapés y las bebidas para el aperitivo. Ella también es inglesa. Podéis intercambiar historias sobre Piccadilly Circus y los Dooks que ambos conocéis. ¿De acuerdo? Venga, Fido.

Saltó los escalones de forma juvenil.

—Larguémonos de aquí.

Cuando cerró la escotilla, Bond suspiró profundamente. La señora Krest dijo, disculpándose:

—No haga caso de sus bromas. Es su sentido del humor, siempre lleva la contraria. Le gusta averiguar si es capaz de sacar de quicio a la gente. Es muy malo. Pero, de verdad, todo es de broma.

Bond sonrió confiado. ¿Cuántas veces había tenido que decir lo mismo a la gente, intentar calmar el enfado de aquellos sobre los que el señor Krest había practicado su sentido del humor?

—Creo que su marido necesita un poco de mundo —respondió Bond—. ¿Se comporta igual cuando vuelve a América?

Ella le respondió sin amargura:

—Sólo conmigo. Le encantan los americanos. Esto lo hace cuando está fuera de allí. Sabe, su padre era alemán, un auténtico prusiano. Tiene esa absurda idea alemana de que los europeos y todo eso están en decadencia, y que ya no valen nada. No se puede discutir con él. Tiene ese defecto.

¡O sea que era eso! Otra vez los viejos alemanes. «Siempre a tus pies o atacándote. ¡Vaya sentido del humor! Lo que tiene que soportar esta mujer, esta hermosa joven que tiene como esclava, ¿su esclava inglesa?»

—¿Cuánto tiempo llevan casados? —preguntó Bond.

—Dos años. Yo trabajaba como recepcionista en uno de sus hoteles. Es el propietario del Krest Group, ¿sabe? Fue maravilloso. Como un cuento de hadas. Todavía me pellizco a veces para asegurarme de que no estoy soñando. Esto, por ejemplo —dijo señalando con la mano el lujoso salón—. Y es muy bueno conmigo. Siempre me está haciendo regalos. Es un hombre muy importante en América, ¿sabe? Es muy divertido que te traten en todos sitios como si fueras de la realeza.

—Debe de serlo. Me imagino que le gustarán ese tipo de cosas.

—Oh sí. —Había un matiz de resignación en la risa—. Es como un sultán. Se pone muy nervioso si no le sirven bien. Dice que cuando alguien ha trabajado mucho para llegar arriba tiene derecho a coger la mejor fruta.

De pronto, la señora Krest se dio cuenta de que estaba hablando demasiado.

—Pero, bueno —dijo atropelladamente—, ¿qué le estoy contando? Cualquiera pensaría que nos conocemos desde hace años —sonrió tímidamente—. Creo que es por haberme encontrado con alguien de Inglaterra. Voy a ponerme algo de ropa, estaba tomando el sol en la cubierta.

Se oyó un gran ruido sordo bajo la cubierta, en el centro del barco.

—Ya está. Nos vamos. ¿Por qué no sube a la cubierta de popa y ve cómo nos alejamos del puerto? Yo me reuniré con usted en unos minutos. Hay tantas cosas que quiero saber de Londres… Por aquí.

Pasó delante de él y abrió una puerta corredera.

—Por cierto, si quiere, puede pasar aquí la noche. Hay un montón de almohadones y los camarotes huelen un poco a cerrado a pesar del aire acondicionado.

Bond le dio las gracias y salió, cerrando la puerta tras él. Entró a una enorme pieza con suelo de estera y un sofá semicircular de goma espuma de color crema en la popa. Había sillas de junco desperdigadas y un carro-bar en una esquina. A Bond se le ocurrió pensar que el señor Krest debía de beber mucho. ¿Era su imaginación o la señora Krest estaba asustada? Había algo singularmente servil en su actitud hacia él. Sin duda tenía que pagar caro su «cuento de hadas». Bond contempló cómo las verdes laderas de Mahe desaparecían lentamente por la popa. Debían de estar navegando a unos diez nudos. Pronto llegarían al North Point y pondrían rumbo hacia alta mar. Bond oyó el pegajoso borboteo del tubo de escape y pensó distraídamente en lo bella que era Elizabeth Krest.

Podía haber sido modelo, quizás lo era antes de trabajar como recepcionista de hotel; una mujer respetable que aún desprendía una especie de tufillo a mujer mundana y que movía su precioso cuerpo en la forma desenfadada de alguien que está acostumbrado a andar por ahí con nada o con casi nada encima. Pero no tenía la frialdad de la modelo, tenía un cuerpo efusivo y un rostro amigable y confiado. Tendría unos treinta años, todo lo más, y su belleza, porque no era más que eso, era todavía inmadura. Lo mejor que tenía era el cabello rubio ceniza, que caía pesadamente hasta la base del cuello, aunque no parecía presumir de él. No lo agitaba ni jugueteaba nerviosa con él, y Bond pensó que realmente no hacía ningún gesto de coquetería. Había estado callada, casi dócil, con sus grandes y claros ojos azules fijos casi todo el rato en su marido. No llevaba los labios pintados, ni las uñas de los manos ni de los pies, y sus cejas eran naturales. ¿Era quizás por que se lo había ordenado el señor Krest, que fuera una auténtica hija de la naturaleza germánica? Probablemente. Bond se encogió de hombros. Ciertamente eran una pareja curiosa y desigual, el Hemingway maduro con voz de Bogart y la bella muchacha ingenua. Y había cierta tensión en el aire, en la manera en que ella se había agachado al mandarle él que ofreciera algo de beber, en el brusco machismo del hombre. Bond acariciaba la idea de que el hombre era impotente y que todos esos gestos bruscos y groseros no eran otra cosa que una exagerada demostración de virilidad. Realmente, no iba a ser fácil convivir con ellos durante cuatro o cinco días. Bond contempló cómo desaparecía por estribor la hermosa isla de Silhouette y se propuso no perder los estribos. ¿Cuál era la expresión americana? «Tragárselo.» Sería un interesante ejercicio mental. Tendría que «tragar» durante cinco días y no dejaría que ese maldito tipo le fastidiara lo que parecía ser una estupenda travesía.

—Bueno, amigo, ¿qué, descansando?

Krest estaba de pie sobre la cubierta, mirando hacia abajo en dirección a la bañera.

—¿Qué has hecho con la mujer con la que vivo? Dejar que haga sola todo el trabajo, supongo. Bueno ¿y por qué no? Para eso están, ¿verdad? ¿Te gustaría echar un vistazo al barco? Fido va a hacer su turno en el timón y yo no tengo nada que hacer.

Sin esperar una respuesta, Krest se inclinó y bajó hasta la cubierta, saltando el metro de altura.

—La señora Krest se está vistiendo. Sí, me encantaría ver el barco.

Krest contempló a Bond con su mirada dura y desdeñosa.

—Vale. Bueno, primero la información. Fue construido por la Bronson Shipbuilding Corporation. Resulta que yo poseo el noventa por ciento de las acciones y por eso conseguí lo que quería. Diseñado por Rosenblatts, los mejores arquitectos navales. Cien metros de eslora, veintiuno de manga y seis de calado. Dos motores diesel Superior de cien caballos. Velocidad máxima, catorce nudos. Navega dos mil quinientas millas a ocho nudos. Aire acondicionado en todo el barco. Carrier Corporation diseñó dos unidades especiales para cinco toneladas. Lleva comida congelada y bebida suficiente para un mes. Lo único que le falta es agua potable para los baños y las duchas. ¿Verdad? Vamos arriba, para que veas los camarotes de la tripulación, y luego volvemos. Y, una cosa, Jim. —Krest golpeó la cubierta con el pie—. Éste es el suelo, ¿ves? Y el retrete es el retrete. Y si quiero que alguien deje de hacer lo que está haciendo, sea lo que sea, no le diré «amárralo» sino «para inmediatamente». ¿Me sigues, Jim?

Bond asintió afablemente.

—No tengo objeción alguna. Ella es su barco.

—*Eso* es mi barco —corrigió Krest—. Es una estupidez pretender que un pedazo de acero y madera es una mujer*. Bueno, vámonos. No te preocupes por la cabeza. Todo está a una altura de uno noventa.

---

* En inglés, se utiliza la palabra *she* («ella») para referirse a un «barco»; de ahí el comentario. (*N. de la T.*)

Bond siguió a Krest por el estrecho pasillo que recorría toda la eslora del barco, y durante media hora hizo los comentarios adecuados sobre el que realmente era el mejor y más lujoso barco que jamás había visto. En todos los detalles se había tenido en cuenta la comodidad. Incluso el baño y la ducha de la tripulación eran de tamaño real, y el fogón de acero inoxidable, o la cocina, como la había llamado la señora Krest, era tan grande como el camarote del señor Krest. Éste abrió la puerta de este último sin llamar. Liz Krest estaba sentada delante del tocador.

—Hola, tesoro —exclamó Krest, con voz suave—. Creía que estabas afuera preparando las bebidas. Seguro que has tardado un montón de tiempo en arreglarte. Pon un poco más de Ritz para Jim, ¿vale?

—Lo siento, Milt. Ya iba. Se me atascó una cremallera.

La joven cogió un disco y se dirigió rápidamente hacia la puerta. Miró a los dos con una media sonrisa nerviosa y salió.

—Revestimiento de madera de abedul de Vermont. Lámparas de cristal, alfombras de borla mexicanas. Esa pintura de un velero es un Montague Dawson, auténtico por cierto…

El señor Krest continuaba con el catálogo. Pero Bond estaba mirando algo que colgaba casi fuera de la vista, junto a la mesilla de noche, en el lado de Krest. Era un látigo delgado de alrededor de un metro de largo con el mango de cuero… Era la cola de una raya.

Como por casualidad, Bond se dirigió hacia el lado de la cama y la cogió. Pasó el dedo por el cartílago espinoso. Nada más rozarlo se hizo daño en el dedo.

—¿De donde ha sacado eso? —preguntó—. Yo he pescado uno de esos animales esta mañana.

—Bahrein. Los árabes los usan con sus mujeres.

Krest rió tranquilamente entre dientes.

—Hasta ahora sólo he tenido que azotar a Liz una vez con eso. Unos resultados maravillosos. Lo llamamos mi «Corrector».

Bond volvió a dejarlo en su sitio. Miró severamente a Krest y dijo:

—¿Sí? En las Seychelles, donde los criollos son bastante rudos, está prohibido poseer un látigo como ése, y ya ni le hablo de utilizarlo.

Krest se dirigió hacia la puerta. Dijo con indiferencia:

—Tío, resulta que este barco es territorio de Estados Unidos. Vamos a tomar una copa.

Krest se bebió tres bullshots —consomé helado con vodka— dobles antes del almuerzo y luego cerveza con la comida. Sus pálidos ojos azules se oscurecieron un poco y adquirieron un brillo acuoso, pero su voz sibilante seguía siendo suave e impasible, mientras monopolizaba absolutamente la conversación explicando los motivos de la travesía.

—Veis, amigos, el asunto es éste. En Estados Unidos tenemos un sistema de fundaciones para los tipos afortunados que tienen mucha pasta y no quieren pagar al Tesoro del Tío Sam. Creas una fundación como ésta, la Fundación Krest, para fines caritativos, de cualquier tipo, niños, ancianos enfermos, o para fines científicos; todo lo que hay que hacer es dar dinero a alguien o a algo, excepto a tus familiares, y así evitas pagar impuestos. Yo he invertido diez millones de dólares en la Fundación Krest, y como resulta que me gusta navegar y conocer mundo, mandé construir este yate con dos millones de esa cantidad y dije a los del Smithsonian, nuestra principal institución de historia natural, que iría a cualquier parte del mundo a recoger especímenes animales para ellos. De ese modo, el viaje se ha convertido en una expedición científica, ¿veis? ¡Durante tres meses al año disfruto de unas maravillosas vacaciones que no me cuestan un céntimo! —Krest miró a sus invitados esperando sus alabanzas—. ¿Me seguís?

Fidele Barbey movió la cabeza de forma escéptica.

—Eso suena muy bien, señor Krest. Pero esos especímenes son raros. ¿Son fáciles de encontrar? El Smithsonian quiere un panda gigante, un molusco. ¿Puede usted encontrar lo que ellos no han conseguido?

Krest movió la cabeza despacio. Dijo apesadumbrado:

—Pero, amigo, no seas ingenuo. Dinero es todo lo que hace falta. ¿Quieres un panda? Pues se lo compras a algún maldito zoológico que no pueda pagar la calefacción central para su terrario de reptiles o que quiera construir una nueva casa para los tigres, o algo así. ¿El molusco? Buscas a un hombre que tenga uno y le ofreces tanto dinero que, incluso aunque se quede llorando una semana, te lo venderá. A veces tienes algunos problemas con los gobiernos. Pues algún condenado animal está protegido, y eso. De acuerdo. Te voy a poner un ejemplo. Yo llegué ayer a tu isla. Quiero un papagayo negro de Praslin Island, quiero una tortuga gigante de Aldabra y toda la colección de cauris locales y quiero este pez que estamos buscando. Los dos primeros están protegidos por la ley. Por la noche hago una visita al gobernador, después de hacer ciertas averiguaciones en la ciudad. «Excelencia (le digo), tengo entendido que quiere construir una piscina pública para enseñar a nadar a los niños. De acuerdo. La Fundación Krest pondrá el dinero. ¿Cuánto vale? ¿Cinco mil, diez mil? Vale, diez mil. Aquí tiene el cheque.» Y lo relleno y tal. «Sólo una cosa, Excelencia (le digo, sujetando el cheque). Resulta que quiero un espécimen de este papagayo negro que tiene aquí, y una de estas tortugas de Aldabra. Creo que están protegidas por la ley. ¿Le importa si me llevo una para el Smithsonian?» Hablamos un rato, pero viendo que es para el Smithsonian y que todavía tengo el cheque, al final cerramos el trato y todos contentos. ¿Vale? Bueno, pues en el camino de regreso me paro en la ciudad para llegar a un acuerdo con tu querido señor Abendana, el comerciante, para recoger el papagayo y la tortuga, y empiezo a hablar de los cauris. Bueno, pues resulta que este señor Abendana ha estado coleccionando esos malditos bichos desde que era un niño. Me los enseña. Magníficamente conservados, todos colocados sobre su trocito de algodón, en un estado fantástico, y algunos de esos *Isabela* y *Map-*

pa que me pidieron especialmente que buscara. Lo siente, pero no puede vendérmelos. Significan tanto para él, y todo eso. ¡Demonios! Miro al señor Abendana y le pregunto cuánto quiere. No, no. Ni siquiera puede considerarlo. ¡Demonios, otra vez! Saco el talonario y relleno un cheque por cinco mil dólares y se lo pongo delante de sus narices. Lo mira. ¡Cinco mil dólares! No puede resistirse. Dobla el cheque y se lo mete en el bolsillo, y después el maldito gallina ¡se echa a llorar! ¿Podéis creerlo?

Krest abre las palmas de las manos, haciendo un gesto de incredulidad.

—Todo por unas cuantas malditas conchas. O sea que le digo que se tranquilice, cojo las bandejas de conchas y salgo zumbando de allí antes de que ese chiflado se pegue un tiro por el remordimiento.

Krest se echó hacia atrás en la silla, satisfecho de sí mismo.

—Bueno, ¿qué os parece, amigos? Veinticuatro horas en la isla y ya he conseguido las tres cuartas partes de mi lista. Magnífico, ¿eh, Jim?

Bond contestó:

—Probablemente le darán una medalla cuando vuelva a casa. ¿Y qué pasa con ese pez?

Krest se levantó de la mesa y rebuscó en un cajón del escritorio. Sacó una hoja escrita a máquina.

—Aquí tiene.

Leyó en voz alta:

—«El extraño Hildebrand. Capturado en una red por el profesor Hildebrand, de la Universidad de Witwatersrand, frente a Chagrin Island, del grupo de las Seychelles, en abril de 1925.»

221

Después levantó la vista.

—Y luego dice una sarta de tonterías científicas. Les dije que lo pusieran en lenguaje sencillo, y aquí está la traducción.

Volvió a mirar el papel.

—«Al parecer, es el único miembro de la familia de los peces ardilla. El único espécimen conocido, denominado "Rareza Hildebrand" debido a su descubridor. Mide quince centímetros, es de color rosa brillante, con rayas transversales negras; las aletas anal, ventral y dorsal son rosas; la aleta de la cola es negra y los ojos, grandes y azul oscuro. Si lo encuentran, hay que tener cuidado al cogerlo, pues tiene las aletas más afiladas que los otros peces de esa familia. El profesor Hildebrand escribió que había encontrado el espécimen en aguas de un metro de profundidad al borde del arrecife sudoriental.»

Krest tiró el papel sobre la mesa.

—Bueno, pues esto es todo, amigos. Estamos recorriendo alrededor de mil millas, con un coste de varios miles de dólares, para intentar encontrar un maldito pez de quince centímetros. ¡Y hace dos años, esos tipos de Hacienda tuvieron el valor de sugerir que mi Fundación era un camelo!

Liz Krest interrumpió impacientemente:

—¡Pero de eso se trata precisamente, Milt! ¿No es así? Esta vez es realmente importante conseguir especímenes y cosas así. ¿No decían esos horribles tipos de los impuestos que iban a desautorizar el barco y los gastos durante los últimos cinco años si no encontrábamos un auténtico descubrimiento científico? ¿No era eso lo que dijeron?

—Tesoro —dijo el señor Krest con una voz suave como el terciopelo—, ¿por qué no cierras el pico sobre mis asuntos privados? ¿Vale?

Su voz era afable, indiferente.

—¿Sabes lo que has hecho, tesoro? Te acabas de ganar una cita con el «Corrector» esta noche. Eso es lo que acabas de conseguir.

La joven se tapó la boca con la mano. Con los ojos muy abiertos exclamó en un susurro:

—¡Oh no, Milt! ¡No, por favor!

Al amanecer del segundo día en el mar llegaron a Chagrin Island. En un principio apareció en el radar, un pequeño bulto en la línea plana del radar, y después una diminuta mancha en el gran horizonte curvo empezó a aumentar de tamaño con infinita lentitud hasta convertirse en una extensión verde de medio kilómetro bordeada de blanco. Era maravilloso llegar a tierra, después de dos días en los que el yate parecía ser el único ser vivo y en movimiento en un mundo desierto.

Bond nunca había visto o imaginado antes las calmas ecuatoriales. Ahora se daba cuenta de que debía de ser un tremendo peligro en los días de la navegación a vela, el mar liso como un espejo bajo un sol abrasador, el aire viciado y maloliente, el rastro de pequeñas nubes bordeando la tierra que nunca se juntaban, y que nunca originaban viento ni una bendita lluvia. ¡Cuántos cientos de marineros habían ensalzado este minúsculo lugar del océano índico mientras se doblaban sobre los remos que movían el pesado barco navegando una milla al día! Bond estaba de pie en la proa, contemplando las salpicaduras de agua de los peces voladores debajo del casco, mientras a través del mar azul oscuro, lentamente, aparecían las manchas marrones, blancas y verdes de los bancos de peces. ¡Qué maravilla poder caminar y nadar otra vez, en lugar de tener que estar sentado o tumbado! ¡Qué delicia poder disfrutar de unas cuantas horas de soledad, unas cuantas horas lejos de Milton Krest!

Echaron el ancla por fuera del arrecife en una profundidad de diez brazas y Fidele Barbey los llevó en la motora a través de una abertura. Chagrin era la típica isla de coral. Era una extensión de unos veinte acres de arena y coral muerto rodeada de maleza, con una laguna de aguas poco profundas de unos cincuenta metros circundada por un collar de arrecifes, sobre los cuales el largo y tranquilo oleaje rompía con un suave silbido. Nubes de pájaros levantaron el vuelo al llegar la lancha, golondrinas de mar, plangas, fragatas, que enseguida volvieron a posarse. Había un fuerte olor a amoníaco procedente del guano y la maleza estaba blanca. Los demás seres vivos que había eran los cangrejos que hacían agujeros y arañaban la *liane sans fin** y los cangrejos violinistas que vivían en la arena.

El resplandor de la arena blanca era deslumbrante y no había ninguna sombra. Krest ordenó que montaran una tienda de campaña y se sentó dentro a

---

* «Bejuco.» En francés en el original. *(N. de la T.)*

fumar un puro mientras llevaban a tierra diversos equipos. La señora Krest nadaba, mientras Bond y Fidele Barbey se pusieron las gafas y, nadando en direcciones opuestas, empezaron a peinar sistemáticamente todo el arrecife alrededor de la isla.

Cuando se busca un espécimen determinado debajo del agua, moluscos, peces, algas o formaciones de coral, hay que mantener el cerebro y la vista centrada en una forma concreta. La exuberancia de color y movimiento, y la inagotable variedad de luces y sombras, desvían la concentración todo el rato. Bond nadaba lentamente a través de un mundo maravilloso con una imagen en su mente, un pez de quince centímetros con rayas negras y grandes ojos, el segundo pez de estas características que el hombre había visto jamás.

—Si logra verlo —había añadido Krest—, grite y quédese quieto. Yo haré lo demás. Tengo una cosita en la tienda que es lo mejor que hay para capturar peces.

Bond hizo un alto para descansar la vista. El agua era tan boyante que podía mantenerse boca abajo flotando en la superficie sin moverse. De forma distraída rompió un erizo con la punta de su arpón y contempló la multitud de brillantes peces de arrecife que salían disparados a buscar los jirones de carne amarilla entre las espinas negras, afiladas como agujas. ¡Qué fastidio era que, si encontraba el extraño pez, sólo beneficiaría al señor Krest! ¿Se callaría si lo encontraba? Era algo infantil y, para colmo, lo habían contratado. Bond seguía avanzando lentamente mientras sus ojos automáticamente reanudaban la búsqueda y su mente se dedicaba a pensar en la joven. Había pasado el día anterior en cama. Krest había dicho que tenía jaqueca. ¿Se atrevería a enfrentarse a él algún día? ¿Cogería un cuchillo o una pistola y una noche, cuando él fuera a azotarla con el maldito látigo, le mataría? No. Era demasiado débil, demasiado maleable. Krest había elegido bien. Tenía madera de esclava. Y los adornos de su «cuento de hadas» eran demasiado valiosos. ¿No se daba cuenta de que un jurado la absolvería si contaba en el juicio que tenía un látigo de cola de raya? ¡Podría disfrutar de todas las ventajas sin ese horrible y espantoso tipo! ¿Se lo diría Bond? ¡Qué ridículo! ¿Cómo se lo iba a decir? «¡Oh, Liz, si quiere asesinar a su marido, todo saldrá bien!»

Bond sonrió dentro de sus gafas. «¡Al infierno con todo! No te metas en la vida de los demás. Quizás le guste, a lo mejor es masoquista.» Pero Bond sabía que esa era una respuesta demasiado fácil. Era una muchacha que vivía en el terror. Quizás vivía también en el odio. No se podía averiguar gran cosa a través de esos mansos ojos azules, pero las ventanas se habían abierto una o dos veces y había aparecido un destello de una especie de odio infantil. ¿Era odio? Quizás sólo era una indigestión. Bond apartó a los Krest de sus pensamientos y miró hacia arriba para comprobar a qué distancia se había alejado de la isla. El tubo de buceo de Fidele Barbey estaba sólo a cien metros de distancia. Ya casi habían terminado de dar toda la vuelta. Se acercaron el uno al otro, nadaron hacia la orilla y se echaron sobre la arena caliente.

—No he visto nada por mi zona —dijo Fidele Barbey—, excepto todos los peces del mundo. Pero he tenido un golpe de suerte. Me metí en una enorme colonia de moluscos verdes. Hay conchas con perlas del tamaño de un balón de fútbol pequeño. Valdrán un montón de dinero. Voy a enviar una de mis lanchas a buscarlas un día de estos. He visto un pez loro azul que puede valer treinta libras. Dócil como un perro, como todos los peces de aquí. No he tenido el valor de matarlo. Y si lo hubiera tenido, me hubiera metido en un lío. He visto dos o tres tiburones leopardo nadando sobre el arrecife. La sangre en el agua ha debido de atraerlos. Me apetecería beber y comer algo. Después podemos separarnos y dar otra vuelta.

Se levantaron y caminaron por la playa hacia la tienda de campaña. Krest oyó sus voces y salió a recibirlos.

—No ha habido suerte, ¿eh?

Se rascó bruscamente una axila.

—Me ha picado un maldito mosquito. Esta isla es espantosa. Liz no puede soportar el olor. Ha vuelto al barco. Daremos otra vuelta más y nos iremos de aquí. Servios algo de comer, y tenéis cerveza fresca en la nevera. Venga, dadme una de esas gafas. ¿Cómo se pone este chisme? Creo que voy a echar un vistazo al fondo del mar, ya que estoy aquí.

Se sentaron en la calurosa tienda y comieron ensalada de pollo y bebieron cerveza mientras contemplaban malhumorados al señor Krest hurgando y mirando por los bajíos.

—Evidentemente, tiene razón —dijo Fidele Barbey—. Estas islas son un lugar horrible. No hay más que cangrejos y excrementos de pájaro rodeados por el maldito mar. Sólo los pobres y helados europeos sueñan con islas de coral. Al este de Suez no se encuentra a ningún hombre en su sano juicio que dé un duro por ellas. Mi familia posee unas diez islas, islas de un tamaño decente, con pequeñas aldeas y considerables ingresos procedentes de la copra y las tortugas. Bueno, pues, le cambio el lote completo por un piso en París o Londres.

Bond se echó a reír.

—Ponga un anuncio en *The Times* y recibirá sacos de correspondencia… —estaba diciendo cuando, a unos cincuenta metros, Krest empezó a hacer señales desesperadas—. Ese bastardo ha encontrado el pez o ha pisado un pez-guitarra —exclamó Bond, cogió las gafas y se zambulló rápidamente en el mar.

Krest estaba de pie con el agua por la cintura, al principio del arrecife. Daba golpes con el dedo en la superficie del agua de forma excitada. Bond avanzó nadando tranquilamente. Una alfombra de algas terminaba en una zona de coral roto y en un saliente oscuro. Una docena de variedades de peces mariposa y otros peces de arrecife jugueteaban entre las rocas, mientras una pequeña langosta buscaba a Bond con sus antenas. La cabeza de una enorme morena verde salía de un agujero, con las mandíbulas entreabiertas mostrando hileras de dientes como agujas. Sus ojos dorados observaban a Bond minuciosamente. A Bond le hizo gracia ver que las peludas piernas de Krest, ampliadas como troncos de árboles a través del cristal, estaban sólo a treinta centímetros de distancia de la boca de la morena. Le dio un golpecito alentador a la morena con su arpón, pero la anguila sólo intentó morder las puntas de metal y desapareció. Bond se paró y se quedó flotando, escrutando con sus ojos la maravillosa selva. Una mancha rojiza empezó a tomar forma a través de la alejada bruma y avanzó hacia él. Dio varias vueltas muy cerca de él como si estuviera alardeando. Sus ojos azul oscuro lo examinaron sin temor. El pequeño pez estaba ocupado en mordisquear concienzudamente unas cuantas algas en la parte baja de un saliente oscuro y salió disparado hacia una partícula de algo que colgaba en el agua; después, como si estuviera saliendo del escenario tras mostrar sus habilidades, comenzó a nadar lánguidamente hacia la neblina.

Bond se alejó del agujero de la morena y puso los pies en el suelo. Se quitó las gafas, y se dirigió a Krest, que lo miraba impaciente a través de su mascarilla de buceo.

—Sí, está bien —dijo—. Es mejor que nos vayamos de aquí despacio. No se alejará a menos que esté asustado. A estos peces de arrecife les gusta quedarse en los mismos pastos.

Krest se quitó las gafas.

—¡Maldito sea, lo he encontrado! —exclamó reverentemente—. Bueno, lo he conseguido.

Y lentamente siguió a Bond hacia la orilla.

Fidele Barbey los estaba esperando. Krest exclamó, de forma ostentosa:

—Fido, he encontrado el maldito pez. Yo, Milton Krest. ¿Qué te parece? Después de que dos expertos hayan estado buscando toda la mañana, pido unas gafas prestadas, la primera vez que me pongo unas, te advierto, y salgo y encuentro el maldito pez en apenas cinco minutos. ¿Qué te parece Fido, eh?

—Magnífico, señor Krest. Estupendo. Y ahora ¿cómo lo cogemos?

—Ajá.

Krest guiñó lentamente un ojo.

—Tengo la solución. Me la dio un químico amigo mío. Con una cosa que se llama Rotenone. Está hecho con raíz de Derris. Es con lo que pescan los nativos en Brasil. Se echa en el agua, donde se queda flotando sobre el pez que quieres coger y de ese modo lo capturas, tan cierto como que dos y dos son cuatro. Es una especie de veneno. Estrangula los vasos sanguíneos de sus agallas. Los asfixia. No tiene ningún efecto sobre los seres humanos, porque no tienen agallas, ¿sabes?

Krest se dio la vuelta, dirigiéndose a Bond.

—Ven aquí, Jim. Vete a vigilar. Vigila que el maldito pez no se largue. Fido y yo vamos a buscar el líquido —señaló hacia la corriente desde el lugar donde estaba—. Echaré el Rotenone cuando me avises. Se deslizará hacia ti. ¿Entiendes? Pero, por favor, controla bien el tiempo. Sólo tengo una lata de veinte litros de este líquido. ¿Vale?

Bond replicó:

—De acuerdo —y bajó lentamente, metiéndose en el agua.

Nadó perezosamente hacia el mismo lugar donde había estado antes. Sí, todos seguían allí, cada uno a lo suyo. La cabeza puntiaguda de la morena había asomado otra vez por la boca de su agujero, la langosta otra vez le buscaba. Transcurrido un minuto, como si tuviera una cita con Bond, apareció el extraño Hildebrand. Esta vez nadó muy cerca de su cara. Le miró a los ojos a través de las gafas y después, como si le hubiera molestado lo que había visto, salió disparado fuera de su alcance. Jugueteó entre las rocas durante un rato para desaparecer en la neblina.

Lentamente, el pequeño mundo submarino al alcance de la vista de Bond empezó a acostumbrarse a él. Un pequeño pulpo que había estado camuflado como si fuera un trozo de coral reveló su presencia palpando a tientas con cuidado por la arena. La langosta azul y amarilla salió unos cuantos pasos de debajo de la roca y se quedó asombrada mirándolo. Unos cuantos pececillos diminutos le mordisquearon las piernas y los dedos de los pies, haciéndole cosquillas. Bond rompió un erizo y salieron disparados hacia una comida mejor. Bond levantó la cabeza. Krest, sujetando la lata plana, estaba a veinte metros de distancia, a la derecha de Bond. Pronto empezaría a echar el líquido, cuando Bond le diera la señal, para que se extendiera ampliamente sobre la superficie.

—¿Vale? —gritó Krest.

Bond movió la cabeza.

—Levantaré el pulgar cuando vuelva y entonces tiene que echarlo rápidamente.

—De acuerdo, Jim. Estás en la mira de bombardeo aéreo.

Bond metió la cabeza en el agua. Allí estaba la pequeña comunidad, cada uno ocupado en su trabajo. Pronto, para capturar a un pez que alguien quizás querría colocar en un museo a miles de kilómetros de distancia, mil pequeñas criaturas iban a morir. Cuando Bond diera la señal, la sombra de la muerte se acercaría por la corriente. ¿Cuánto tiempo duraría el efecto del veneno? ¿A qué distancia del arrecife llegaría? Quizás no mataría a miles de peces, sino a decenas de miles de peces.

De repente apareció un pequeño caballito de mar batiendo sus diminutas aletas como si fueran hélices. Una maravilla de las rocas, espléndida, con su ropaje dorado, rojo y negro, picoteó en la arena, y una pareja de inevitables petacas rayadas, negras y amarillas, salió de algún lugar atraída por el olor del erizo roto.

Dentro del arrecife, ¿quién era el depredador del mundo de los peces pequeños? ¿A quién temían? ¿A las pequeñas barracudas? ¿A algún que otro lenguado? Ahora, un depredador grande y adulto, un hombre llamado Krest estaba de pie con las aletas puestas, esperando. Y ni siquiera tenía hambre. Iba a matarlos sólo por diversión.

Dos piernas marrones aparecieron delante de Bond. Miró hacia arriba. Era Fiele Barbey con una gran nasa amarrada al pecho y una red con un palo.

Bond se levantó las gafas.

—Me siento como el apuntador de bombas en Nagasaki.

—Los peces son animales de sangre fría. No sienten nada.

—¿Cómo lo sabes? Tengo entendido que gritan cuando están heridos.

Barbey exclamó con indiferencia:

—No podrán gritar con ese líquido. Se asfixian. ¿Por qué te preocupas? Sólo son peces.

—Ya sé, ya sé.

Fidele Barbey había pasado toda su vida matando animales y peces. Mientras que él, Bond, a veces no había dudado en matar hombres. ¿Por qué se preocupaba tanto? No le había importado matar a la raya. Sí, pero era un pez enemigo. Éstos de aquí abajo eran gente amigable. ¿Gente? ¡Qué falacia tan patética!

—¡En! —gritó Krest—. ¿Qué pasa ahí? No tenemos tiempo para estar de palique. Mete la cabeza en el agua, Jim.

Bond volvió a colocarse las gafas y se echó de nuevo en la superficie del agua. Al instante vio la hermosa sombra rojiza saliendo de la bruma lejana. El pez nadó rápidamente hasta llegar donde él estaba, sin asustarse de su presencia. Se quedó debajo de Bond mirando hacia arriba. Bond exclamó dentro de su mascarilla:

«¡Aléjate de aquí, maldito pez!».

Y lo empujó con el arpón. El pez volvió a meterse en la zona de aguas turbias. Bond sacó la cabeza y, enfadado, levantó el pulgar. Era un ridículo y mezquino acto de sabotaje del que ya estaba avergonzado. El oscuro líquido aceitoso se extendía ya por la superficie de la laguna. Tenía tiempo para detener al señor Krest antes de que lo echara todo, tiempo para darle otra oportunidad para capturar al extraño Hildebrand. Bond se quedó de pie, mirando, hasta que vertió la última gota. ¡Al infierno con el señor Krest!

Ahora el líquido se iba deslizando lentamente con la corriente, una mancha brillante que se extendía y en la que se reflejaba el azul del cielo con un brillo metálico. El señor Krest, la gran Parca, se sumergió con ella.

—Preparaos, amigos —dijo alegremente—. Ahora os toca a vosotros.

Bond volvió a meter la cabeza bajo la superficie. Todo seguía igual en la pequeña comunidad. Y de repente, todos se volvieron locos. Era como si les hubiera entrado el baile de San Vito. Varios peces dieron una vuelta de campana enloquecidamente y después cayeron como las hojas de un árbol sobre la arena. La morena salió lentamente del agujero del coral con la boca completamente abierta. Se quedó de pie apoyada sobre la cola y luego se derrumbó lánguidamente hacia un lado. La pequeña langosta dio tres coletazos y cayó boca arriba, el pulpo se desprendió del coral y fue arrastrado por la corriente hasta el fondo, boca arriba. Y, más tarde, cuerpos arrastrados por la corriente fueron depositados sobre la arena, peces de barriga blanca, gambas, gusanos, cangrejos ermitaños, morenas moteadas y verdes, langostas de todos los tamaños. Como si hubieran sido barridos por una ligera brisa de muerte, los desmañados cuerpos, con los colores ya desteñidos, eran arrastrados lentamente. Un lenguado de unos tres kilos forcejeaba con la boca partida luchando contra la muerte. En la parte baja del arrecife se veían las salpicaduras que producían los peces grandes que intentaban escapar. Uno a uno, ante los ojos de Bond, los erizos fueron desprendiéndose de las rocas cayendo sobre la arena como borrones de tinta.

Bond sintió un golpecito en el hombro. Los ojos de Krest estaban inyectados de sangre y brillaban al sol. Se había puesto crema protectora blanca en los labios. Gritó con impaciencia ante las gafas de Bond:

—¿Dónde demonios está nuestro maldito pez?

Bond se levantó las gafas.

—Parece como si se hubiera escapado antes de que el líquido llegara abajo. Todavía lo estoy buscando.

No esperó a oír la respuesta de Krest, sino que rápidamente metió la cabeza otra vez en el agua. Aún continuaba la carnicería y seguían apareciendo cuerpos muertos. Pero ahora seguramente el líquido se había alejado. ¡La zona era ya segura en caso de que el pez, su pez, porque él lo había salvado, volviera a aparecer! Se puso rígido. Entre las turbias aguas lejanas vio aparecer un destello rosa. Desapareció. Ahora volvía otra vez. Perezosamente, el extraño Hildebrand nadaba hacia él a través del laberinto de canales entre los primeros trozos rotos del arrecife.

Sin importarle el señor Krest, Bond sacó del agua la mano que tenía libre y la dejó caer dando un fuerte golpe en la superficie. El pez siguió avanzando.

Bond levantó el seguro de su fusil y lo disparó en la dirección del pez. No hizo ningún efecto. Bond puso el pie hacia abajo y empezó a caminar hacia el pez a través de los cadáveres desperdigados. El hermoso pez rojo y negro parecía pararse y temblar. Después salió lanzado por el agua derecho hacia Bond y cayó en picado sobre la arena a sus pies, quedándose inmóvil. Ni siquiera dio un último coletazo. Apenas llenaba la mano de Bond, y pinchaba ligeramente la palma con su espinosa aleta dorsal negra. Bond lo llevó por debajo del agua para mantener sus colores. Cuando llegó donde estaba el señor Krest, le dijo:

—Aquí lo tiene —y le entregó el pequeño pez. Después se alejó nadando hacia la orilla.

Aquella noche, mientras el *Wavekrest* ponía rumbo a casa bajo el resplandor de una enorme luna amarilla, el señor Krest dio órdenes para lo que llamaba un «guateque».

—Vamos a celebrarlo, Liz. Éste es un día magnífico, magnífico. Hemos conseguido el último objetivo y ya podemos largarnos de estas malditas Seychelles y volver a la civilización. ¿Qué tal si ponemos rumbo a Mombasa, cuando hayamos recogido la tortuga y el maldito papagayo? Podemos volar a Nairobi y allí tomar un avión para Roma, Venecia, París, a cualquier lugar que te apetezca. ¿Qué te parece, tesoro?

Le apretó la barbilla y las mejillas con su manaza y los pálidos labios hicieron pucheros. Los besó secamente. Bond observaba los ojos de la joven. Los tenía cerrados. El señor Krest la dejó. La muchacha se masajeó la cara. Todavía tenía las marcas blancas de sus dedos.

—¡Caramba, Milt —dijo medio riendo—, casi me estrujas! No eres consciente de la fuerza que tienes. Pero vamos a celebrarlo. Creo que será muy divertido. Y la idea de ir a París me parece maravillosa. Iremos, ¿verdad? ¿Qué quieres que hagan para cenar?

—Demonios, caviar, por supuesto.

El señor Krest separó las manos.

—Una de esas latas de kilo de Hammacher Shlemmer, la clase diez y todo eso. Y ese champán rosado. —Se volvió hacia Bond—. ¿Te parece bien, amigo?

—Tienes visos de ser una buena comida. —Bond cambió de tema—. ¿Qué ha hecho con el trofeo?

—Formol. Arriba, en cubierta, con otros botes de cosas que hemos ido cogiendo por ahí, peces, moluscos. Todo está seguro en nuestra casa-depósito de cadáveres. Así es como me han dicho que se guardan los especímenes. Enviaremos por avión ese maldito pez cuando volvamos a la civilización. Antes daré una conferencia de prensa. Organizaré un gran espectáculo en los periódicos cuando regrese a casa. Ya lo he comunicado por radio al Smithsonian y a las agencias de prensa. Mis empleados seguramente querrán algunos recortes de periódicos para enseñar a esos malditos tipos de Hacienda.

Aquella noche Krest bebió demasiado, aunque no se le notaba mucho. La voz de Bogart se volvió más suave y lenta. Su cabeza redonda y dura cayó un poco más sobre los hombros. La llama del encendedor tardaba cada vez más tiempo en encender su puro y tiró un vaso de la mesa. Pero se notaba especialmente en las cosas que Krest decía una violenta crueldad, un deseo patológico de herir, que afloraba a la superficie de aquel hombre. Aquella noche, después de cenar, el primer blanco fue James Bond. Empezó a explicar en voz baja los motivos por los que Europa, junto con Inglaterra y Francia en la vanguardia, estaban decayendo rápidamente en el mundo. «En la actualidad —dijo Krest—, sólo hay tres poderes: América, Rusia y China. Es como un enorme juego de póquer y ningún otro país tiene las fichas o las cartas para entrar en él.» De vez en cuando, algún encantador pequeño país como Inglaterra, y admitía que en el pasado había sido una gran comunidad, recibía dinero prestado para que pudiera jugar una mano con los grandes. Pero sólo era porque alguna vez hay que ser educados, como con un compañero de club que se ha quedado sin blanca. No. Inglaterra, buena gente, sí, buenos deportes, era un lugar para ver monumentos, a la reina, y demás. ¿Francia? Sólo tienen buena comida y mujeres fáciles. ¿Italia? Sol y espaguetis. Una especie de sanatorio. ¿Alemania? Bueno, todavía tenía algo de coraje, pero dos guerras le habían dado en el corazón. El señor Krest fue despachando al resto de los países con unas cuantas etiquetas parecidas y después preguntó a Bond su opinión.

Bond estaba ya harto del señor Krest. Le dijo que encontraba que su punto de vista era muy simple, incluso se podía decir que ingenuo. Le espetó:

—Su opinión me recuerda un aforismo bastante agudo que una vez oí sobre América. ¿Quiere que se lo cuente?

—Claro, claro.

—Bueno, pues se dice que América ha pasado de la infancia a la vejez sin haber pasado por un período de madurez.

El señor Krest miró de forma pensativa a Bond y por fin dijo:

—Bueno, Jim, parece bastante ingenioso.

Sus ojos se entornaron ligeramente mientras se volvía hacia su mujer.

—Me parece que tú estás de acuerdo con esa observación de Jim, ¿eh, tesoro? Recuerdo una vez que dijiste que los americanos eran muy infantiles. ¿Te acuerdas?

—Oh, Milt.

Los ojos de Liz Krest mostraban preocupación. Había entendido las señales.

—¿Cómo puedes decir eso? Sabes que fue algo casual que dije sobre la sección de humor de los periódicos. Por supuesto que no estoy de acuerdo con lo que dice James. Además, sólo era una broma, ¿verdad, James?

—Eso es —dijo Bond—. Igual que cuando el señor Krest dijo que Inglaterra sólo tiene ruinas y una reina.

Los ojos de Krest estaban todavía fijos en la joven. Dijo en voz baja:

—Déjalo, tesoro. ¿Por qué estás tan nerviosa? Claro que era una broma. —Hizo una pausa—. Y una broma que recordaré, tesoro. Con toda seguridad la recordaré.

Bond calculó que para entonces Krest ya tenía dentro una botella de alcoholes variados, la mayoría whisky. A Bond le parecía que, a menos que cayera redondo, no faltaba mucho para tener que darle un puñetazo a Krest. Ahora le tocaba el turno a Fidele Barbey.

—Estas islas tuyas, Fido. Cuando en un principio las vi en el mapa pensé que eran sólo cagadas de mosca en una página —rió Krest—. Incluso intenté limpiarlas con la mano. Más tarde leí algo sobre ellas y me pareció que mi primera opinión había dado en el clavo. No tienen nada bueno, ¿verdad, Fido? Me pregunto por qué un chaval tan inteligente como tú no se va de aquí. Hacer el vago por ahí no es vida. Aunque he oído decir que un miembro de tu familia había tenido alrededor de cien hijos ilegítimos. Quizás sea ese el atractivo, ¿eh, amigo?

Krest hizo un gesto malicioso.

Fidele Barbey dijo afablemente:

—Ése es mi tío Gastón. El resto de la familia no lo aprueba. Ha hecho un gran agujero en la fortuna de la familia.

—En la fortuna de la familia, ¿eh?

Krest guiñó un ojo a Bond.

—¿Qué tenéis? ¿Conchas de cauris?

—No exactamente.

Fidele Barbey no estaba acostumbrado a la grosería del señor Krest. Parecía algo apurado.

—Aunque ganamos mucho dinero con conchas de tortugas y madreperlas hace cien años, cuando había una gran demanda de esos objetos, la copra ha sido siempre nuestro mayor negocio.

—Empleando a los bastardos de la familia como mano de obra, me imagino. Una buena idea. Me encantaría poder organizar algo así en mi círculo familiar.

Miró a su mujer. Sus labios de goma cada vez estaban más caídos. Antes de soltar la siguiente ironía, Bond empujó la silla hacia atrás y salió a cubierta, cerrando la puerta tras él.

Diez minutos después, oyó pasos que bajaban lentamente desde la cubierta. Se dio la vuelta. Era Liz Krest. Se acercó donde él estaba en la popa y dijo con voz tensa:

—He dicho que me iba a dormir. Pero después he pensado venir a asegurarme de que no necesitaba nada. Lo siento, pero creo que no soy una buena anfitriona. ¿Está seguro de que no le importa dormir aquí fuera?

—Me gusta. Prefiero esta brisa al aire acondicionado de ahí dentro. Y es maravilloso poder contemplar todas esas estrellas. Nunca he visto tantas.

Ella dijo anhelante, aprovechando un tema agradable:

—Las que más me gustan son el Talabarte de Orion y la Cruz del Sur. Sabe, de pequeña creía que las estrellas eran agujeros que había en el cielo. Creía que el mundo estaba rodeado por una especie de envoltura negra y que fuera del universo todo era luz brillante. Las estrellas eran agujeros que había en esa envoltura que dejaban pasar chispas de luz. Qué ideas tan tontas se tienen cuando se es un niño.

Le miró, deseando que no se riera de ella.

Bond le respondió:

—Probablemente tiene razón. No hay que creer todo lo que dicen los científicos. Lo convierten todo en algo aburrido. ¿Dónde vivía entonces?

—En Ringwood, en New Forest. Era un lugar magnífico para crecer. Un lugar excelente para los niños. Me gustaría volver allí algún día. Bond replicó:

—Ciertamente ha recorrido un largo camino desde entonces. Probablemente ahora lo encontraría bastante aburrido.

Ella alargó la mano y le tocó la manga.

—Por favor, no diga eso. No comprende —había un matiz de desesperación en su voz susurrante—. No puedo soportar seguir echando de menos lo que todo el mundo tiene. Quiero decir —rió nerviosa—, no me creería, pero sólo poder hablar así cinco minutos con alguien como usted, es algo que ya casi había olvidado. De repente le cogió la mano y se la apretó.

—Lo siento. Pero tenía ganas de hacerlo. Me voy a dormir.

La voz suave surgió detrás de ellos. Hablaba pronunciando mal, pero separaba con cuidado las palabras.

—Vaya, vaya. ¿Qué te parece? Besuqueándose con el ayudante submarino.

El señor Krest estaba apoyado en la escotilla que daba paso al salón. Estaba de pie con las piernas separadas y los brazos estirados, tocando el dintel encima de su cabeza. A contraluz, su silueta parecía la de un mandril. El frío y encerrado ambiente del salón salió y durante un instante congeló el cálido aire de la noche en la bañera del barco. Krest salió y cerró lentamente la puerta tras él.

Bond dio un paso hacia delante, con las manos colgando a ambos lados del cuerpo. Midió la distancia que había hasta el plexo solar de Krest y se dirigió a él:

—No saque ninguna conclusión, señor Krest. Y tenga cuidado con su lengua. Tiene usted suerte de haber podido llegar tan lejos esta noche sin que le peguen. No siga tentando a la suerte. Está borracho. Váyase a dormir.

—¡Oh! Miren lo que dice el tío descarado.

La cara de Krest, bronceada bajo la luz de la luna, giró lentamente desde Bond hacia su mujer. Hizo un gesto desdeñoso parecido al de los labios de los Habsburgo. Sacó un silbato de plata de su bolsillo y lo hizo girar sujetándolo por el cordel.

—Seguro que no se lo imagina, ¿verdad, tesoro? ¿No le has dicho que esos Heinies de ahí enfrente no son sólo de adorno?

Después se volvió hacia Bond.

—Amigo, como te acerques más silbaré con esto, sólo una vez. ¿Y sabes qué pasará? Será la típica despedida del maldito señor Bond —hizo un gesto señalando el mar, por el costado—. Hombre al agua. Qué pena. Volvemos a buscarle, y ¿sabes qué, amigo? Por casualidad lo atropellamos con las hélices. ¡A que no te lo puedes creer! ¡Qué terrible mala suerte para ese gran tipo Jim, al que habíamos empezado a tomar cariño!

Krest se tambaleó.

—¿Te haces una idea, Jim? Vale. Seamos amigos otra vez y olvidémoslo.

Se apoyó en el dintel de la escotilla y se volvió hacia su mujer. Levantó la otra mano y lentamente dobló un dedo.

—Vamos, tesoro. Es hora de irse a dormir.

—Sí, Milt.

Los abiertos ojos, aterrorizados, miraron hacia un lado.

—Buenas noches, James.

Sin esperar una respuesta, se encogió debajo del brazo de Krest y pasó rápidamente a través del salón.

Krest levantó la mano.

—Que descanses, amigo. Sin rencor, ¿eh?

Bond no respondió. Se quedó mirando fríamente a Krest.

Éste se echó a reír inseguro.

—De acuerdo —dijo simplemente.

Entró en el salón y cerró la puerta corredera. A través de la ventana, Bond le vio caminar de forma vacilante y apagar las luces. Entró en el pasillo y un resplandor momentáneo surgió de la puerta del camarote; después todo quedó a oscuras.

Bond se encogió de hombros. ¡Cielos, qué hombre! Se apoyó contra el pasamanos de popa y contempló las estrellas y los destellos de fosforescencias en la densa estela, y decidió despejarse y relajar la tensión acumulada en su cuerpo.

Media hora más tarde, después de darse una ducha en el baño de la tripulación en la proa, se preparó una cama apilando los cojines Dunlopillo, cuando oyó un grito desgarrador que rasgaba fugazmente la noche y luego se apagaba. Era la joven. Bond corrió a través del salón y bajó al pasillo. Se quedó parado con la mano en la puerta del camarote. Oyó sus sollozos y, por encima de ellos, la voz del señor Krest suave como un murmullo. Retiró la mano del picaporte. ¡Demonios! ¿Qué iba a hacer con él? Eran un matrimonio. Si ella soportaba esas cosas y no mataba a su marido ni le abandonaba, no tenía sentido que Bond jugara a ser sir Galahad. Bond volvió lentamente por el pasillo. Al cruzar el salón, el grito, esta vez menos penetrante, volvió a oírse. Bond soltó una palabrota, salió y se echó en su cama intentando concentrarse en el suave sonido de los motores. ¿Cómo tenía estómago esa muchacha? ¿O es que las mujeres podían soportar todo lo que los hombres les hicieran? ¿Todo excepto la indiferencia? La mente de Bond se negaba a desconectar. Cada vez estaba más despejado.

Una hora más tarde, Bond había llegado al umbral de la inconsciencia cuando, por encima de él en la cubierta, el señor Krest empezó a roncar. La segunda noche después de zarpar de Port Victoria, Krest había salido del camarote en plena noche y se había tumbado en la hamaca que colgaba entre la lancha y el bote auxiliar. Pero aquella noche no roncaba. Ahora lo hacía con esos ronquidos profundos y desperdigados, como un tamborileo, consecuencia de tomar píldoras para dormir después de beber mucho.

Eso ya era demasiado. Bond miró la hora. La una y media. Si no dejaba de roncar en diez minutos, se iría al camarote de Fidele Barbey y se echaría a dormir en el suelo, aunque a la mañana siguiente se levantara tieso y congelado.

Bond contempló la brillante manecilla del minutero deslizándose lentamente alrededor de la esfera. ¡Ya! Se levantó y empezó a recoger su camisa y sus pantalones cortos cuando desde la cubierta se oyó un pesado estrépito. El estrépito fue seguido inmediatamente de unos sonidos como si estuviesen rascando y una respiración y un gorgoteo horribles. ¿Se habría caído el señor Krest de la hamaca? De mala gana, Bond volvió a dejar sus cosas y subió por la escalera. Cuando sus ojos llegaron al nivel de la cubierta, los sonidos ahogados se pararon. En su lugar se oía un ruido más espantoso aún, un rápido tableteo. Bond conocía ese sonido. Subió de un salto los últimos escalones y corrió hacia el cuerpo que estaba tumbado boca arriba, con los miembros extendidos bajo la brillante luz de la luna. Se quedó quieto y se arrodilló lentamente, asombrado. El horror del rostro estrangulado era espantoso, pero no era la lengua lo que sobresalía de la boca abierta del señor Krest. Era la cola de un pez. Era un pez de color rosa y negro. ¡Era el extraño Hildebrand!

El hombre estaba muerto, horriblemente muerto. Al meterle el pez en la boca, debía de haberlo cogido y tratado de sacárselo desesperadamente. Pero las espinas de las aletas dorsal y anal se le habían quedado pinchadas dentro de las mejillas y algunas de las puntas sobresalían de la piel ensangrentada alrededor de su obscena boca. Bond sintió un escalofrío. La muerte debía de haberle sobrevenido en un minuto. ¡Pero vaya minuto!

Bond se levantó lentamente. Caminó junto a las estanterías con botes de cristal que contenían especímenes y miró debajo de la toldilla que los protegía. La tapa de plástico del último bote estaba en la cubierta junto a él. Bond la limpió cuidadosamente en la lona alquitranada y después, sujetándola con la punta de los dedos, la colocó en la boca del tarro.

Volvió y se quedó de pie junto al cadáver. ¿Quién de los dos había hecho esto? Había un matiz de malvado rencor en utilizar el trofeo como arma. Parecía cosa de la mujer. Ciertamente, tenía razones para ello. Pero Fidele Barbey, con su sangre criolla, habría tenido la crueldad y al mismo tiempo el humor macabro. *Je lui ai foutu son sacré poison dans la gueule.** Bond se lo imaginaba contándoselo con estas palabras. Si después de que Bond saliera del salón, el señor Krest se había metido una vez más con los nativos de las Seychelles o, en particular, con su familia o con sus queridas islas, Fidele Barbey no le habría golpeado entonces, ni utilizado un cuchillo, sino que habría esperado a tramar algo.

Bond echó un vistazo por la cubierta. El ronquido del hombre podía haber sido una señal para cualquiera de ellos. Había escaleras a ambos lados de la cabina de la cubierta, en el centro del barco.

* «Le he metido su maldito pez en la garganta.» En francés en el original. *(N. de la T.)*

El timonel que estaba en la cabina del piloto en la proa no debía de haber oído nada con el ruido de la sala de máquinas. Sacar el pequeño pez de su baño de formol y meterlo en la boca abierta del señor Krest le habría llevado sólo unos segundos. Bond se encogió de hombros. Quienquiera que lo hubiera hecho no había pensado en las consecuencias, en el inevitable interrogatorio oficial, quizás en un juicio en el que él, Bond, sería otro sospechoso más. Ciertamente se habían metido en un gran lío, a menos que pudiera averiguar qué había pasado.

Bond miró por encima del borde de la cubierta. Debajo estaba el pasillo de un metro de ancho que recorría toda la eslora del barco. Entre el pasillo y el mar había una barandilla de medio metro de altura. Suponiendo que la hamaca se hubiera roto y Krest hubiera caído y rodado debajo de la lancha, por encima del borde de la cubierta superior, ¿podría haber llegado hasta el mar? Difícilmente, con esta calma chicha, pero eso era lo que iba a hacer.

Bond se puso manos a la obra. Con un cuchillo de la cubertería del salón desgastó minuciosamente, y después rompió, una de las cuerdas principales de la hamaca, de manera que ésta cayó sobre la cubierta. Después, con un paño húmedo, limpió las manchas de sangre del enmaderado y las gotas de formol que salían del tarro del espécimen. Luego vino la parte más difícil, trasladar el cadáver. Cuidadosamente, Bond lo arrastró hasta el mismo borde de la cubierta y lo bajó por la escalera; se lo subió encima, colocándolo como si fuera un borracho que lo estuviera abrazando. Bond caminó tambaleándose debajo de él hasta llegar a la barandilla inferior y lo tiró por encima de ella. Contempló una visión momentánea del rostro impúdicamente abultado, sintió un nauseabundo vaho de whisky rancio, un gran chapoteo, y allá fue rodando lentamente y alejándose con las pequeñas olas de la estela. Bond aplastó la espalda contra la escotilla del salón, listo para meterse dentro si el timonel iba a popa a investigar. Pero no se produjo ningún movimiento en proa y el ruido metálico de los motores continuaba sonando ininterrumpidamente.

Bond suspiró profundamente. Sería un molesto oficial de justicia el único que podría causarle algún contratiempo. Volvió a la cubierta, echó un último vistazo por encima, tiró el cuchillo y el paño húmedo y bajó la escalera hacia su cama en cubierta. Eran las dos y cuarto. Transcurridos diez minutos, Bond estaba ya dormido.

El barco aceleró la velocidad a doce nudos y llegaron a North Point a las seis de la tarde. Detrás de ellos el cielo estaba encendido, rojo y dorado, con franjas de color verde mar. Los dos hombres, con la mujer en medio, estaban de pie junto a la barandilla de cubierta y contemplaban la resplandeciente costa deslizándose a través del espejo del mar color madreperla. Liz Krest llevaba un vestido blanco de lino con un cinturón negro y un pañuelo blanco y negro alrededor del cuello. Los colores del luto iban bien con su piel dorada. Las tres personas estaban rígidas, más bien cohibidas, cada una de ellas acariciando su propia parte de conocimiento secreto, cada una de ellas deseosa de expresar a las otras dos que sus secretos particulares estaban seguros con ella.

Aquella mañana parecía que los tres se habían puesto de acuerdo para dormir hasta muy tarde. Incluso Bond no se despertó por el sol hasta las diez. Se duchó en los alojamientos de la tripulación y charló con el timonel antes de bajar a averiguar qué le había pasado a Fidele Barbey. Éste todavía estaba en la cama. Le dijo que tenía resaca. ¿Había estado grosero con el señor Krest? No era capaz de recordar gran cosa, excepto que se acordaba que el señor Krest había estado muy grosero con él.

—¿Recuerdas lo que te dije al principio, James? Un redomado rufián. Ahora estarás de acuerdo conmigo. Uno de estos días alguien le va a callar su asquerosa boca para siempre.

Poco convincente. Bond se había preparado el desayuno en la cocina y estaba comiendo cuando Liz Krest apareció para hacer lo mismo. Llevaba puesto un kimono de shantung azul claro que le llegaba hasta las rodillas. Tenía unos círculos oscuros alrededor de los ojos, y tomó el desayuno de pie. Pero tenía un aspecto absolutamente tranquilo y relajado. Susurró como si estuviera tramando algo:

—Les pido perdón por lo de anoche. Creo que yo también bebí demasiado. Pero excusen a Milt. Es muy bueno. Y sólo cuando bebe se pone así de difícil. Por la mañana siempre está arrepentido. Ya verán.

Cuando dieron las once y ninguno de los dos mostró señal alguna de hablar, o de descubrir el pastel, Bond decidió forzar las cosas. Miró con frialdad a Liz Krest, que estaba tumbada boca abajo, en cubierta, leyendo una revista.

—Por cierto —le preguntó—, ¿dónde está su marido? ¿Sigue durmiendo la mona?

Ella frunció el ceño.

—Me imagino. Subió a su hamaca a la cubierta de botes. No tengo ni idea de la hora que sería. Me tomé una pastilla y me dormí enseguida.

Fidele Barbey echó un sedal para pescar babuncos. Sin volverse dijo:

—Probablemente estará en la cabina del piloto.

—Si todavía está durmiendo en la cubierta de botes, va a quemarse —dijo Bond.

—¡Oh, pobre Milt! —dijo Liz, a su vez—. No había pensado en eso; voy a ver.

Subió las escaleras. Cuando su cabeza sobrepasó el nivel de la cubierta de botes se detuvo. Gritó, preocupada:

—Jim. No está aquí. Y la hamaca está rota.

—Probablemente Fidele tiene razón —dijo Bond—. Echaré un vistazo en la proa.

Se dirigió hacia la cabina del piloto. Fritz y el mecánico estaban allí. Bond les preguntó:

—¿Ha visto alguien al señor Krest?

Fritz parecía intrigado.

—No, señor. ¿Por qué? ¿Ocurre algo?

Bond contestó, trasluciendo preocupación en su rostro:

—No está en la popa. ¡Venga, vamos! Hay que mirar por todas partes. Estaba dormido en la cubierta de botes. No está allí y la hamaca está rota. Estaba fatal ayer noche. Venga. ¡Dense prisa!

Cuando llegaron a la inevitable conclusión, Liz Krest tuvo un fugaz pero creíble ataque de nervios. Bond la acompañó a su camarote y la dejó allí llorando.

—Ya está, Liz —le dijo—. Quédese al margen. Yo me ocuparé de todo. Tenemos que llamar por radio a Port Victoria y todo eso. Le diré a Fritz que acelere. Lo siento, pero creo que es inútil volver a buscarlo. Han transcurrido ya seis horas de luz y no pudo haberse caído sin que le hayamos visto u oído. Ha debido de ocurrir de noche. Me temo que nada resiste seis horas en estos mares.

Ella le miró con los ojos muy abiertos.

—¿Quiere decir, quiere decir por los tiburones y todo eso?

Bond asintió.

—¡Oh, Milt! ¡Pobre y querido Milt! Oh, ¿por qué ha tenido que ocurrir esto?

Bond salió y cerró la puerta suavemente.

El yate dobló Cannon Point y redujo la velocidad. Bien alejado del arrecife roto, se deslizó silenciosamente por la amplia bahía, de color limón y bronce con las últimas luces de la tarde, rumbo al fondeadero. El pequeño municipio situado al pie de las montañas estaba ya oscuro con sombras azuladas salpicadas de luces amarillas. Bond vio como la lancha de Aduanas e Inmigración salía a su encuentro desde el Muelle Largo. La pequeña comunidad herviría ya con las noticias, que rápidamente se habrían propalado desde la estación de radio al

Club de Seychelles y después, a través de los chóferes y del servicio de los socios, a toda la ciudad.

Liz Krest se volvió hacia Bond.

—Me estoy empezando a poner nerviosa —dijo—. ¿Me ayudará a solucionar todo esto, todas esas horribles formalidades y gestiones?

—Por supuesto.

Fidele Barbey, a su vez, dijo:

—No se preocupe demasiado. Son todos amigos míos. Y el jefe de Justicia es mi tío. Tendremos que hacer una declaración. Probablemente celebrarán el interrogatorio oficial mañana. Al día siguiente ya podrá usted irse.

—¿De verdad lo cree así?

Unas gotas de sudor habían brotado debajo de sus ojos.

—El problema es que realmente no sé dónde voy a ir, o qué es lo que voy a hacer después. Me imagino —dudó sin mirar a Bond—. Me imagino, James, que no le gustaría venir a Mombasa. Quiero decir, como de todas formas va a ir allí, podría dejarle allí un día antes de que llegara su barco, ese Camp, o algo así.

—*Kampala*.

Bond encendió un cigarrillo para disimular su duda. ¡Cuatro días en un maravilloso yate con esa muchacha! ¡Pero la cola de aquel pez saliendo de la boca! ¿Lo había hecho ella? ¿O había sido Fidele, que sabía que sus tíos y primos de Mahe se encargarían de que saliera indemne? Si por lo menos se le escapara algo a alguno de ellos… Bond exclamó complacientemente:

—Es muy amable de su parte, Liz. Por supuesto que me encantaría ir.

Fidele Barbey se echó a reír.

—Bravo, amigo mío. Me encantaría estar en tu pellejo, excepto por una cosa. Ese maldito pez. Es una gran responsabilidad. Me imagino que os inundarán con cablegramas del Smithsonian sobre el tema. No olvides que ambos sois los depositarios de un Koh-i-noor científico. Y ya sabes cómo son esos americanos. Os amargarán la vida hasta que lo tengan en su poder.

Los ojos de Bond eran fríos como la piedra mientras observaba a la joven. Con toda seguridad eso la señalaba a ella. Ahora pondría alguna excusa para no realizar el viaje. Había algo en aquella manera particular de matar a un hombre…

Pero los hermosos y cándidos ojos no pestañearon. Miró el rostro de Fidele y le dijo, complaciente y encantadora:

—Eso no es ningún problema. He decidido entregarlo al Museo Británico.

James Bond observó que el sudor brotaba ahora de sus sienes. Aunque, después de todo, hacía una noche terriblemente calurosa…

El ruido sordo de los motores se paró y la cadena del ancla empezó a caer con estrépito en las aguas de la tranquila bahía.

Índice